祈愿

クスノキの女神

女神

[日] 东野圭吾 著　吕灵芝 译

湖南文艺出版社
HUNAN LITERATURE AND ART PUBLISHING HOUSE
·长沙·

祈愿女神

[日]东野圭吾 著 吕灵芝 译

出品方：番茄出版

出品人：李茜茹

总监制：王邵美怡

策划人：黄 琰

市场营销：须 实

策略支持：田雪健 姚依娜

番
番茄
FANQIE

让 好 故 事 影 响 更 多 人

知道未来真的那么有价值吗？

· 1

　　玲斗挥舞着竹扫帚打扫鸟居周边，一会儿就出了一身汗。虽然才五月，可站在阳光下已经有点热了，让人真切地感受到了全球气候变暖。他停下动作，思索着是不是该换上夏天穿的工作服，就见三个孩子顺着石阶走了上来。

　　那三个孩子年龄身段各不相同。看着最年长的女孩子穿着当地高中的校服，跟她走在一起的小男孩也许是小学高年级的，另一个小女孩还要小一些。三个人手上都拎着一个纸袋。

　　"你好。"高中女生打了声招呼。她的脸小，有一双忽闪的大眼睛，若是去参加偶像选拔，毫无疑问能通过面试那一关。玲斗心中飞快地做出结论，也回了一声"你好"。

　　"请问你是神社的人吗？"高中女生问。

　　"我是，有什么事吗？"

　　"我想问问，能把试剂放在这里吗？"

　　"试剂？"

　　玲斗脑中浮现出大大小小的瓶罐。放那个做什么？

高中女生从纸袋里拿出一本薄书，说："是这个。"

玲斗把竹扫帚靠在鸟居旁，接过了那本书。与其说是书，不如说更像是一本小册子，还是手工制作的，将一沓打印出来的A4纸用订书钉装订了一下。小册子封面画着一株大树，标题是《喂，大楠树》，可见那应该是楠树。作者名称是"早川佑纪奈"。

翻了几页，玲斗就明白过来了。她说的不是"试剂"，而是"诗集"。

"早川佑纪奈是你的名字吗？"

"是的。"高中女生回答，"最后一页有简介。"

玲斗翻开了最后一页。上面介绍了她的姓名和出生年月日。计算下来，她现在十七岁，应该在读高三。似乎连封面都是她自己画的。

"你要把这个放在哪里？"

"哪里都可以，最好是显眼的地方。如果能放在护身符或神符旁边，那就更好了。"

听了这番话，玲斗总算明白她的目的了。

"你是想出售这本诗集？"

佑纪奈肯定地点了点头。她身边的小男孩和小女孩都用亮晶晶的眸子注视着玲斗。

"谁来卖？该不会要我来吧？"

佑纪奈摇了摇头。

"只需要放在那里就好了。然后在旁边摆个收银盒，让买诗集的人把钱放进去。"

小男孩从纸袋里掏出一个盒子。那就是个普通的纸盒子，上面开了个细长的洞，想来是投放硬币的地方。盒子上还用马克笔写着"诗集钱"。

玲斗看了看诗集背面。上面印着小小的"二〇〇日元"。谁会花二百日元买一本粗制滥造的小册子啊？他想着，开口问道："谁来取走这些钱？什么时候来？"

"我或者我弟弟，不过不能每天都来。"

话音落下，小男孩举手表示会负责。他粗壮的眉毛透露出顽固的性子。

小女孩拽了拽高中女生的裙子。佑纪奈似乎被提醒了，又从小女孩拎的纸袋里拿出一个小本子。

"我还想把这个也放在旁边。"

"那是什么？"玲斗接过来看了一眼封面，上面写着"阅读感想"。

"我希望读了诗集的人能写写感想。"

"哦，这样啊……"玲斗右手拿着诗集，左手拿着笔记本，呆站在原地。

"可以把这些放在神社吗？"佑纪奈问道，"这座神社的楠树很出名，我觉得诗集很适合作为纪念品。"

"纪念品啊……"玲斗思索一番，看向那三个人，"我有话要说，你们先跟我来吧。"

"要说什么？"

"来了就知道了。"

玲斗领着那三个人走进了神社值班室。这里虽说是值班室，实际只是一间小木屋罢了。小木屋有门窗，却没有货架一类的物品。

"这个神社不卖护身符和神符。你们看看神殿门口就知道了，那里连香资箱都没有。所以不好意思，我就算想答应你，这里也没地方可以摆放。"

佑纪奈皱起了形状优美的眉毛。"果然是这样啊……"

"所以跟你说了啊，"少年看着姐姐，噘起了嘴，"找这种破烂神社没用的，我就没见过这里卖东西。"

"能不能想想办法呢？只需要寄放在这里就行了，拜托你。"

佑纪奈深深鞠了一躬。弟弟也跟着她弯下了身子。那个疑似妹妹的小女孩并没有照做，而是抬起伤心的大眼睛直直地看着玲斗。

真拿你们没办法啊……玲斗无声嘀咕着，挠了挠眉头。

"你准备寄放多少本？"

佑纪奈猛地直起身子，咧嘴笑了。"真的可以吗？"

"太多了可不行，我管理不过来。"

"那五十本左右呢？"

"太多了。二十本就答应你。"

"谢谢你！"佑纪奈从纸袋里抓出了一摞诗集。

玲斗接过诗集，少年又把纸盒做的收款箱递了过来。

"不好意思，这个你们拿走吧。"玲斗说，"应该没有人会拿了诗集就跑，但装着现金的盒子就很难说了。我这边会想办法的。"

"真的可以吗？"佑纪奈不太放心地问。

"没办法，谁叫我答应你了呢。"

佑纪奈再次鞠躬道谢，这回小女孩也跟着做了。就是弟弟有点不服气，像是在气玲斗拒绝收下他亲手做的收款箱。

玲斗问好了佑纪奈的联系方式，原来她的住址就在这附近。而作为高中生，她自然也有一部手机。

他们离开后，玲斗在值班室的杂物间里翻找了一会儿，搬出了一套坏掉的桌椅，敲敲打打了好一会儿，改装成了约有腰高的小柜台。柜台的板子有长有短，甚是难看，他真不想摆在值班室门前，但也只能忍了。

接着，他决定做个收款箱。杂物间里正好有个宽约三十厘米的带盖亚克力盒子，他又加了个锁头，并在盖子上开了个投币口，就算完成了。不过，这盒子就这么摆着可能会被偷走，于是玲斗左思右想，决定找点五金零件把盒子固定在柜台上。应该没有人为了这点钱把柜台整个扛走吧。

他把诗集摆在收款箱旁边，顺手拿起一本，正要走进值班室，突然反应过来，拿起钱包翻出两枚一百日元的硬币，扔进了收款箱。

· 2

喂，大楠树。

我从远方来看你啦。

我越过高山、越过河川、走过沙漠，来看你啦。

瞧瞧你，长高了不少呢。

你怎么变得如此威风了！

因为你的粗壮吗？

因为你的高大吗？

那我也要变得更高大。

就算身体很小，梦想也可以很大。

我要创造出大大的梦想，让它飞上天空变成云彩。

我还能用那梦想的云彩，挡住暴晒你的太阳。

用那梦想的云彩，降下滋润的甘霖。

是啊，我无所不能。

喂，大楠树。

我为了告诉你这些，从远方来看你啦。

喂，大楠树。

你还想继续听我说话吗？

如果你想听，我就对你说。

千舟从诗集中抬起头，微微扬起右边的眉毛。"哦？原来还有这种事啊。"

"对不起，我觉得应该先跟你商量，最后还是擅自决定了。"玲斗抓着筷子，缩起了脑袋。

千舟放下诗集，摇了摇头。

"没必要。值班室的负责人是你，只要你觉得可以，那就可以。"

"太好了，这下我就放心了。"玲斗放下筷子，伸手拿起诗集，"你觉得这诗集怎么样？"

"我不懂诗的好坏。不过，看看年轻人随性而写的东西，还是挺不错的。明天帮我也带一本回来吧。"

"啊，那这本你拿去吧。"玲斗把诗集递给了千舟，"我已经看完了。"

千舟看了看诗集，又看了看玲斗。"可以吗？"

"当然可以！"

"是吗？那就谢谢了。"

千舟接过诗集放在一旁，顺手拿起了黄色封面的记事本和圆珠笔，在上面写起了字。也许在写今天玲斗送了她一本诗集吧。

千舟罹患了MCI——轻度认知功能损害。虽然不影响日常生活，但是经常丢失记忆。她知道自己患病后，就开始尽量记录下身边发生的事情。那本黄色册子就是她的行动记录，平时被她寸步不离地带在身边。

玲斗拿起筷子，继续吃饭。今天的晚饭是煎鱼和炖菜。千舟做饭很拿手，所以两道菜都非常好吃。玲斗之前吃的都是便利店盒饭和餐馆里的套餐，这回能蹭上一顿家常饭，感动得眼泪都要流下来了。

大约两个月前，玲斗还一直住在月乡神社的值班室里。千舟的认知功能损害恶化程度虽然缓慢，却始终没有停下。为了能够应付突发状况，玲斗就搬到了柳泽家的房子里。这下他再也不用发愁吃饭的问题，还每天晚上都能泡澡了。对玲斗来说，这简直是天大的好事。话虽如此，他每个月还是会有几天直到深更半夜才回家，有时甚至直接在值班室过夜。自然是为了当好楠树的看守者。

· 3

距离早川佑纪奈他们来的那一天，已经过去了将近一个月。这段时间的天气一直很闷热，值班室的老式空调也不得不每天上岗工作。

正如最初所料那般，诗集根本卖不出去。无论数多少遍，摆在值班室门前那个小柜台上的册子，都有十九本。也就是说，只卖出去了玲斗送给千舟的那本。每隔两三天就会轮流来一趟的佑纪奈和她弟弟都深刻意识到了这个事实，最近也不怎么露面了。

这当然不可能卖出去啊，玲斗也想。毕竟这里本来就没什么香客。当地人只把这个地方当成了比较方便的空地，就算偶尔有人来看看那株有名的楠树，也不会想买这般简陋的小册子当纪念品。

然而某一日，玲斗正忙着给神社院子拔草，看见一个身穿花衬衫的中年男人拿起了诗集。那男人有些面生，不像是附近的人，但也不像来参观的游客。男人站在柜台旁一动不动。虽然距离有点远看得不真切，但玲斗猜测，他应该在读诗集。

过了一会儿，男人离开了柜台。他还拿走了诗集，对折一下塞在了裤子后袋里。

玲斗站起身——不知道那人有没有付钱，他得去看看。

他快步走回值班室，看了一眼柜台上的付款箱。因为是透明亚克力盒子，他不用打开就能看见里面的情况。果然，是空的。

保险起见，他又数了一遍剩下的诗集，变成十八本了。

玲斗跑了起来。如果动作快些，应该能追上。

男人已经顺着石阶往下走了，可以看到后袋里还插着对折的诗集。

"喂，你等等！"玲斗按住了那人的肩膀。

男人惊讶地回过头，周围满是胡楂的嘴巴半张着。

"你拿了诗集，就该付钱吧。"

被他这么一说，男人顿时露出了尴尬的表情，一副被人揭穿的难堪模样。

玲斗从他口袋里抽出了诗集，顺便把人推倒在台阶上。

"就是这个。"他把诗集戳到男人面前，"我叫你付这个的钱。"

"不是，今天我那个，怎么说呢……身上恰好没带钱……"男人吞吞吐吐地解释道。

"开什么玩笑，这么大的人了，身上连二百日元都没有，怎么可能。把你钱包拿出来看看！"

玲斗的手再次伸向男人裤子后面。他摸到钱包，立刻就抽了出来。那个黑色的钱包看着很旧，边缘还破皮了。

里面一张大票都没有，零钱格里放着总计六百日元出头的硬币。

男人一脸自嘲地勾起了嘴角。"你瞧，我没说错吧。"

"但足够二百日元的书钱了。这钱，我收下了。"

"哎，别呀。"男人抓住了钱包，"这可是我今天和明天的生活费。要是变成四百，那就太难了。"

"我才不管你难不难。既然你没钱，为什么拿走诗集？"

"我还给你，还给你不就行了。"

"还个屁，你看这都被你折过，留下印子了。"玲斗再次把诗集戳到男人眼皮底下，"这还怎么卖，你得赔。"

"别折腾我了。"男人拍开玲斗的手。

诗集从手中滑落，掉在了石阶上。

"你小子干什么！"玲斗看向诗集，紧接着倒吸了一口气。因为佑纪奈正好从底下走上来了。

她捡起诗集，走到二人身边问道："这是怎么了？"

"你来得正好。这大叔刚才想白拿诗集，我正叫他付钱呢——喂，大叔，这女孩就是诗集的作者，你得先给她道歉。"

"哦，原来是作者啊。小姑娘，真对不起啊，我也是一时鬼迷心窍。那诗集还给你，你就饶了我，好吗？说来惭愧，我现在手头没什么钱，要我拿二百日元出来，真的很困难啊。"那人皱着眉，单手拜了拜以示道歉。

"少啰唆，你困难有她什么事，赶紧把钱包拿过来！"

这时，佑纪奈开口了："你为什么要拿走诗集？"

那人先是面露困惑，然后勾起了嘴角。

"唉，不都说了嘛，最近找不到活干，囊中羞涩啊。实在是对不起。"

佑纪奈闻言摇了摇头。

"我不是问你为什么不付钱，而是问你为什么要拿走诗集。"

"那个，呃……就是突然想要了。我刚才翻开看了几眼，就想多看几眼，一时糊涂就……"

"照你这么说，果然是一开始就没打算付钱吗！"玲斗一把抓住那人的领口，怒吼道。

"我有钱肯定给啊。肯定给的。这不是给不起嘛……"

"你有钱啊，还有六百日元呢。"

"不是说了靠四百日元活两天太困难嘛。"

"怎么困难了？你不知道买豆芽吗？一百日元能买一堆。"

"你叫我光吃豆芽吗？那怎么行。"

"少啰唆。都当小偷了还讲究这么多！"

这时，佑纪奈插话进来："请你放开他吧。"

玲斗闻言，惊讶地抬起头。"你在对我说吗？"

"是，请你放开他。"

"为什么？"

"没有为什么，快放开吧。"

"你真的要放了他？"

她点点头。玲斗虽然不能接受，但还是放开了男人。

"唉，真不好意思。"男人站起来，拍了拍屁股。

佑纪奈走向他，递过诗集。"这个，你带走吧。"

那人闻言，惊讶地瞪大了眼睛。

"等你方便了再付钱就好。"

"真的？"

"是的。因为我希望让想看的人看到这本诗集。"

"是吗？那多不好意思啊。"男人接过了诗集。

"作为交换，你能写点感想吗？不用很长。"

"嗯，我会写的，你放心吧。"

"哎哎哎，那可不行。"玲斗在一旁劝道，"这家伙肯定不会回来付钱的。"

"谁说不付钱了。等我有余钱了肯定回来，一言为定。"

男人说得肯定，玲斗却不觉得他值得信任。区区二百日元而已，还需要等有余钱吗？

"刚才我看见你钱包里有驾照了，拿出来。"

"驾照？你想干什么？"

"别管那么多，拿出来。"玲斗说着，掏出了怀里的手机。

那人不情不愿地掏出了驾照。玲斗一把夺过，拍了张照片。

"啊，你干什么？"

"这下我知道你是谁了，要是敢赖账，你就等着瞧吧。"

"谁说要赖账了，你这小哥真难缠。"男人皱着眉拿回驾照，又收起钱包，转身走下了石阶。

目送那人离开后，玲斗转头问佑纪奈："你真的就这么放他走了？"

"是。我虽然想要钱，但更希望让想看的人看到我的诗集。"佑纪奈微微一笑。

玲斗不禁想，这就是天使般的笑容吧。

当天晚饭时，玲斗对千舟说起了这件事。

"偷拿诗集？怎么会有人贪那种小便宜？究竟是谁啊？"

"说了你可能也不认识。"玲斗调出手机相册里的驾照图片，只见姓名栏写着久米田康作。"这是念'kumeda kousaku'吧。地址不在附近，在足立区。"

"'kumeda'？让我看看。"

千舟戴上老花眼镜，接过玲斗递来的手机。她细看了一眼，恍然大悟道："果然如此，这是松子的儿子。"

"松子？"

"久米田松子，我小学同学。"

"啊？千舟姨妈的小学同学？"玲斗忍不住提高了音量。

"你这孩子真没礼貌，有什么好惊讶的。我也上过小学呀。"

千舟说，久米田松子的家正好在她的上学路上，所以二人是同班同学时，经常一起上学。

"原来他们家的儿子竟然……我原以为只是传闻，没想到是真的。"

"什么传闻？"

"其实也不算什么大事。"千舟把手机还了回去。

"没关系，我想听。"

千舟叹息一声，无奈地拿起了茶杯。

"久米田家以前是这一带有名的木材商，松子是那家人的独女，所以找了个入赘的夫婿。可是，自从她那丈夫去世，家里的生意就一落千丈，最后更是无以为继了。十多年前，她家的公司破产，东拼西凑把员工的遣散费都支付了，唯独留下一个问题，那就是家中独子康作。本来他顶着个副总经理的头衔，成天逍遥自在，结果一夜之间成了普通人。松子靠以前的关系把他送进了同行的公司，可他从未真正接触过木材业务，什么都不会做。即便如此，如果他能争气些，倒是还有希望，只可惜那是个没耐心的孩子，不多久就辞职了。几次折腾下来，松子一怒之下，便把康作赶出了家门。后来我不清楚他是怎么生活的，只知道大约半年前，他被松子叫回了家里。听说是因为康作在外面过得实在堕落，让松子看不下去了。我听说直到现在，他也没个正经职业，整天游手好闲，只是没想到竟沦落到了这样的境地。想必松子也很头痛吧。"

"你最近见过那位松子阿姨吗？"

"没见过。最后一次见面是在……唉，我也不记得了。"

看见千舟摇头，玲斗有些后悔。他真不该对一个 MCI 患者提这种问题。

· 4

即将迎来新月那天的下午，玲斗听闻附近发生了抢劫致伤事件。他当时正在用手机查询天气，碰巧看见了报道。

报道称，事件发生在昨天，遇害者是一位定居在此处的实业家，名叫森部俊彦。案发现场春川町是这一带最高级的住宅区。傍晚时分，森部的妻子回家后，发现丈夫倒在一楼客厅，头破血流，慌忙联系了救护车和警察。家中所有现金不翼而飞，所以警察将其定性为抢劫致伤事件，并展开了调查。所幸，森部本人并没有生命危险。

玲斗很是意外，没想到这种偏远小镇也会发生如此暴力的事件。

后来总算查到了天气预报，现在虽然晴朗，但接下来会渐渐转为多云，到了夜里会下雨。这几天都是这样的天气，也许是正式进入了梅雨季节。

希望雨不要太大吧。玲斗一边擦烛台一边想着。今晚是新月，一个名叫坂上的人预约了祈念。雨若是大了，即使在大楠树里也会淋到雨。当然，脚下也会变得泥泞。

他突然听见一阵敲窗户的声音，转过头去，看见身穿 T 恤的少年在外面探头探脑。是佑纪奈的弟弟翔太。

玲斗开了门。

"你看看付款箱就知道了，一本都没卖出去。"

"嗯，确实是。"翔太瞥了一眼亚克力盒子，语气并没有很凝重，"放在这里卖果然不行啊。"

"这种地方还真对不起你啊。诗集卖不掉，别怪地方偏。"

"不是这样的吗？"

"偶尔也会有人拿起来看看，但是都不买。其实也不奇怪。你别怪我说话不好听，谁也不会出二百日元买这样的诗集。不是说内容不好啊。里面的诗都很好，就是太……怎么说呢……"

翔太瞪了他一眼。"你想说太简陋对吧。"

"嗯，是这么回事。毕竟只是用订书钉把一沓打印纸固定起来。"

"不过，只要用对方法，就有人买。"

"哦？那你说说看？"

"最近姐姐都在车站附近这种人多的地方，叫住可能会买的人向他们推销，一天能卖出去十本左右呢。有一天还卖了二十本。"

真的假的？玲斗震惊过后略一思索，点了点头。

"嗯，那倒是有可能。毕竟一个那么漂亮的女孩子在推销，有的人可能无法拒绝。亲自兜售啊……原来还可以这样……"

这么说来，二百日元的定价也就比较合理了，玲斗又想。说白了，就像是募捐一样嘛。

这时，翔太指了指堆在柜台上的诗集。

"所以我就来拿这里的存货，准备去车站卖。这次印出来的已经快卖完了。"

"你们究竟印了多少？"

"三百本。"

玲斗忍不住向后仰去。

"三百本都快卖完了吗？那可真厉害啊。既然如此，那你就拿走吧。"

"不好意思，还麻烦你专门做了柜台和收款箱。"

"别在意，反正是捡废料做的。"

翔太抱起柜台上的诗集，总共有十八本。

"我给你个纸袋，你放进去吧。"

走进值班室后，翔太好奇地四处看了看，然后指着桌子上说："这是什么？"

"烛台，用来插蜡烛的。"玲斗说着，递给少年一个纸袋。

"用来做什么的？"

"祈念，不过你应该不懂吧。这是用来在大楠树底下举行祈念仪式用的。"

"啊，姐姐跟我说过。她说向月乡神社的大楠树祈祷，愿望就会实现。不过这应该是迷信吧。"

这个问题可真不好回答。

"可以肯定，确实有这种传说。"

"学校的老师说了，传说其实跟神签和占卜差不多，只需要相信自己爱听的就好。不过，要是真的能实现愿望，那该多好啊。不管是对着大楠树还是对着什么，我肯定都会特别努力祈祷。"翔太一边装诗集，一边说道。

"你要祈祷什么？"

"有很多啊，首先祈祷妈妈的身体好起来吧。"

"你妈妈生病了？"

"嗯，脑脊髓液减少症。"

"什么？"

"脑脊髓液减少症。"翔太重复了一遍。

玲斗拿出手机输入发音，总算明白是哪几个字了。

"这上面写的主要症状是头痛和头晕。"

"嗯，妈妈就总说她头痛。要是站的时间长了，还会头晕。所以她连护士的工作都做不成了。"

"那真是太惨了。你父亲呢？"

"六年前因为一起工地事故死了。脚手架塌了。不过，我已经不太记得他了。"

"那你们家的收入怎么办？"

"有公司给的赔偿金，还有爸爸的养老金和保险。再加上政府给的各种补助，勉强能够生活。不过老实说，还挺拮据的。毕竟妈妈治病也要花钱。所以我们做了诗集，打算赚点钱。"翔太拍了拍纸袋，"我们没钱请工厂印刷，只能全部手工制作。家附近有个文具店的老板人很好，便宜卖了一些纸给我们。我知道这样的东西看起来很简陋，但也已经尽力了。"

听着少年的阐述，玲斗只觉得呼吸越来越沉重。他自认为吃过不少苦，但比起这些孩子，竟也宽松许多。

"那我走了。"翔太提起了纸袋。

"等等。"玲斗从钱包里抽出一张一千日元钞票，"给我留五本。"

翔太眨了好几下眼睛，然后咧嘴一笑。

"谢谢惠顾。不过你可别同情我们，因为不需要。"说完，他从纸袋里拿出了诗集。

"我没有同情，但是会支持。加油干。"

翔太再次道谢，接过了一千日元钞票。

晚上十点过后，玲斗走出值班室，向上摊开手掌。但是，雨水先滴落在了他的额头上。最近的天气预报都挺准的。根据详细信息，晚上这场雨不会下得很大，但是会一直下到早上。

他抬头看天，只看见了厚厚的乌云，没有半点星光。

回到屋檐下，他又看向昏暗的神社院子，发现有光点在移动。那是一个撑着塑料雨伞的人影。男人身材微胖，拿着手电筒，虽然穿着西装，但没有打领带。

"晚上好。"那人走近之后便熄灭了手电筒。看长相应该有六十多岁。

"您就是坂上先生吗？"玲斗问。

"是的。"

"我正等着您呢。请您稍候片刻。"

玲斗走进值班室，拿起摆在桌上的纸袋，又走了出去。

"您需要的是可持续燃烧两个小时的蜡烛，没错吧？"

"嗯，就是这种。"

"那就请您收下吧。里面有火柴。使用过程中请务必注意防火。"玲斗向他递出了纸袋。

坂上打开手电筒，用同一只手拎起了纸袋。

"您了解过楠树的地点和祈念的步骤吗？"

"嗯，我听柳泽女士说过了。"

"明白了。那您请吧。衷心祝福坂上先生的祈念可以打动楠树！"

"谢谢你。"

坂上点点头，转身走了。他的脚步看不出任何迷茫。玲斗放下心来，转身回屋去了。

楠树祈念仪式有两种。一种叫寄念，一种叫受念。寄念在新月的夜晚举行，祈念者走到楠树内点燃蜡烛，默念自己想要传达的心意。这种念会被传入楠树。而接收这种心意叫作受念，在满月的夜晚举行。与寄念者有着深厚血缘关系的人走到楠树内点燃蜡烛，将心念集中在寄念者身上，对方的念就会传达过来。这种近乎奇迹的现象并没有广为流传，而是一直被柳泽家严格管理着。现在的实际管理者，就是玲斗。

回到值班室，玲斗对着笔记本电脑继续刚才被打断的工作。所谓工作，就是写报告。经营工程学的课题很难，他总是写一小段就要反复修正，但还是写不好，最后整段删除，如此重复无数遍。

　　这样不行啊，交稿期限快到了——玲斗扫了一眼日历。

　　提交对象是泰鹏大学通信教育部。他的学籍就放在那所大学的经济学部。是千舟说这个专业一定对他有帮助，他才决定入学的。

　　玲斗皱着眉，手指再次放到键盘上。就在这时，手机响了。是来电铃声。他看了一眼屏幕，上面显示"千舟"，于是连忙拿起电话接通了。

　　"晚上好，出什么事了吗？"

　　"玲斗，你快去楠树那边看看！"

　　"啊，怎么了？"

　　"坂上先生刚才来电话了！"

　　"坂上先生？那不是正在祈念的人吗？"

　　"没错。我问他怎么回事，他也不回答，一直在闷哼！"

　　"闷哼？"

　　"可能不是小事，你快去看看！"

　　"知道了，可能真出事了。"

　　挂断电话，他把手机塞进工作服口袋里，拿起手电筒和雨伞就跑出了值班室。

他朝着神社院子右侧的树林一路小跑，来到挂着"楠树祈念入口"立牌的地方。那里有一条通往树林深处的小路，玲斗跑了进去。

跑到一半，他就看见地上躺着一个人。好像是坂上。

"坂上先生！"他喊了一声，同时加快脚步。

他以为坂上已经死了，但靠近后发现并非如此。扶起来一看，只见坂上皱着眉，满头都是冷汗。玲斗不禁想：这可不太妙。他立刻从怀里掏出了手机。

将近十分钟后，急救员总算赶到了。其间，坂上一直在无意识地呻吟，而玲斗束手无策，只能撑着伞防止他被淋湿。

他帮着急救员用担架抬着坂上下了石阶，救护车就等在下面。急救员又要求他陪同，他就跟着上了车。这还是他有生以来头一次坐救护车，他内心不由得涌出一丝不合时宜的兴奋感。

两名急救员帮助坂上摆出仰卧的姿势，然后飞快地连接了心电监控，还测量了血压、脉搏和体温。玲斗听见其中一人喃喃道："应该是心肌梗死。"然后他们就开始做急救措施。玲斗看不懂那些动作，只知道坂上的状态慢慢缓和下来了。

前往医院的路上，他发现有不少警车开了过去。两名急救员也低声议论着究竟出了什么事。

很快，救护车就开到了医院。医院门前的路上也停着两辆警车。

目送坂上被推进急诊入口后，玲斗就走进了急诊室外面的等候区。这片区域禁止使用手机，他也没多待，又走到医院外面给千舟打了电话。

千舟很不高兴地问："这么晚了，有什么事吗？"听她的声音，好像刚刚被吵醒。

玲斗顿时反应过来了。千舟已经忘了是她打电话给玲斗，叫他去查看坂上的情况的。最近这种遗忘已经成了家常便饭。

"千舟姨妈，你先看看记事本。"

他指的是黄色的行动记录册。

片刻之后，玲斗听见她拿起电话的动静。

"我知道了。原来出了那种事啊。那坂上先生现在怎么样了？"

看来她之前记录了自己给玲斗打电话的事情。

玲斗简单说明了情况，并表示想联系坂上的家人。

"知道了，你别挂电话，稍等片刻。"

听筒再次陷入沉寂，玲斗开始有点担心。因为千舟偶尔会在找东西的时候忘了自己在找什么东西，继而忘了自己在找东西这件事。

不过没过多久，千舟就说话了："我查到他家的电话号码了。坂上先生家中有妻子和儿子。我现在念给你听，你记一下。"

玲斗请她稍等，随后走向医院的玻璃墙，用指尖擦了擦上面的灰尘，发现会留下印子。这里应该能写数字。"好了，请讲。"

千舟报了个电话号码，好像是座机。

"谢谢，我这就联系那边。"

"交给你了。"千舟挂掉了电话，应该是要把刚才的事情记在本子上吧。

玲斗看着写在玻璃墙上的数字，给坂上家打了电话。现在已经过了午夜零点，这么晚打电话自然是有失礼数的，可现在并不是顾及礼数的时候。

电话拨出去，响起了待机铃声，但是很快就切换到了电话录音。玲斗顿时有些慌乱。

"啊，那个，我是月乡神社的管理人，姓直井。坂上先生刚才在神社病倒了，已经被送到医院。听说是心肌梗死。"

玲斗报上医院名称和自己的手机号码，然后结束了通话。他也不知道是不是做到这样就够了。他已经很久没有在别人的电话录音里留下过信息了。

走进急诊室的等候区，一个看起来资历很老的护士跑了过来。

"您是刚才被送过来的心肌梗死患者的家人吗？"

"啊，我不是。"

玲斗简单解释了情况，表明自己是发现坂上病倒的人。

"我已经给病人家留下了电话信息，那边听到后，应该会联系医院。"

护士点点头表示知道了，但还沉着脸。她恐怕很想现在就联系上患者家人吧。

就在这时，几个身穿警服或西装的男人从他们旁边走了过去，看起来很着急。

"我看外面停着警车，是出什么事了吗？"玲斗问护士。

中年护士并没有明确回答，只是含糊地应了一声。随后她看看四周，凑近了一些。

"你知道昨天发生的抢劫事件吧？"

玲斗不由得"啊"了一声。"您是说春川町的事件吧？我在网上看到了。"

"我跟你说，被打伤的那个人正在这里接受治疗呢。"

"真的吗？我看新闻上说，他被打得头破血流呢。"

护士一脸严肃地点了点头。

"听说伤势还挺严重的。虽然保住了性命，但直到今天早上还被放在重症监护室治疗，没法接受警方的问讯呢。后来好像恢复了一些，可以短时间说话了。就因为这样，今天才有警察频繁出入。"

"都这么晚了……"

"可不是嘛。也许是案子有进展了。"

护士兴许是满足了八卦的需求，朝玲斗微微施礼，然后走开了。

医院和警察都不好过啊，玲斗心想。急救和查案都讲不了时间与场合。

他走到熄了灯的入口大厅，想着这里应该能用手机，便找了张靠边的椅子坐下，等待坂上家回复。

不过真是难办啊，玲斗又想。他刚才只顾着去救坂上，连值班室的门都没锁。虽说应该没有人会摸到那种地方去偷东西，不过等这边事情结束了，他还是尽快赶回去比较好。他写到一半的报告和笔记本电脑还在里面呢。

他心不在焉地想了一会儿，不知不觉就睡了过去。察觉手机振动时，玲斗猛地被惊醒，浑身跟着颤了颤。他慌忙去接电话，差点失手弄掉了手机。

"您好，我是直井。"

"啊，我是坂上的妻子，您刚才打过电话的。"那边传来了气喘吁吁的声音。

"哦，太好了。您现在到哪儿了？"

"我在自己家，正准备出门。我直接去医院就可以了，是吗？"

"医院这边有急诊入口，进去了有个休息室，我就在这边。"

"知道了，劳烦您再等一会儿。"

结束通话后，他看了一眼时间，已经凌晨三点多了。也真难为了坂上夫人，竟然在这种时间注意到留言信息。

又过了约莫三十分钟，坂上夫人赶到了。她是个很娇小的女人，脸上表情略显僵硬。听她的说法，玲斗打电话时她已经睡着了，后来碰巧起夜，才发现有电话留言。之所以没有及时听见，是因为她自认为别人有要紧的事会打到手机上，早就把家中座机的音量调小了。

刚才跟他聊过天的护士还在，玲斗便把坂上夫人介绍给她。护士一副放了心的模样，领着坂上夫人离开了。

被留在原地的玲斗不知该做些什么，便坐了下来。他觉得自己该做的都已经做完了，但一声招呼都不打就离开好像也不好。何况这个时间也没有交通工具可以供他搭乘。打车回去太奢侈了。

不一会儿，坂上夫人便走了回来，脸上的神色也缓和了许多。

"托您的福，丈夫没什么大碍。他现在睡着了，医生说接下来不会有事。这次真是太感谢您了。"她郑重地鞠了好几次躬。

"那真是太好了，这下我也能放心了。"

"今晚给您添麻烦了，这是一点心意，还请您收下吧。"说着，夫人递过来一个信封。

"哎，这怎么行，我不能收。"

"还是请您收下吧，不然丈夫要怪我的。"

"……是吗？那我就恭敬不如从命了。"玲斗一只手挠着头，伸出另一只手接过了信封。

接着，夫人又开口了。

"昨晚丈夫说要跟朋友聚餐，可他怎么会去了神社呢？"

看来坂上并没有将祈念的事情告诉妻子。他可能打算留在遗书上吧。

"这件事请您去问坂上先生吧，我不方便透露。"

"这样啊。"

"很抱歉。"玲斗说。

他走到门厅，又一次坐了下来。看看时钟，现在才凌晨四点多。他干脆躺了下来，决定先打个盹，等到公交车始发的时间再离开。合眼之前，他看了一眼刚才得到的信封，里面装着一万日元钞票。跟祈念的费用相同。

看来今晚并没有白忙活。想到这里，他笑了笑。

小睡了一会儿，他便去了医院附近的公交车站，坐上早晨第一班公交车踏上了归途。到达月乡神社时，已经早晨七点多了。天空早已放晴。玲斗正要走进值班室，突然想起楠树那边还没收拾。

他走到楠树下，昨晚被雨打湿的叶片沐浴在晨光中，反射着点点光芒。他收回目光，走进巨大的树干内。

他看向祭坛上的烛台，不由得吃了一惊。因为蜡烛已经燃尽了。

他开始回想昨晚的事情。坂上在这里只待了不足三十分钟，而蜡烛是可以燃烧两个小时的。也就是说，蜡烛在无人看守的状态下又燃烧了大约一个半小时。假设这期间有大风袭来，吹倒了点燃的蜡烛——

那就糟了，玲斗出了一身冷汗。早知道的话，在等待救护车的时候，他应该到树里好好检查一番，如此一来，就能发现蜡烛一直没熄灭。

若是把这件事告诉千舟，她恐怕会大发雷霆。还是不告诉她好了。

· 5

新月之夜的两天后，玲斗一早便坐在值班室吃杯面，这时手机响了起来。是千舟打来了电话。他按下接通键，首先道了早安。昨晚也有人来祈念，所以他直接睡在了值班室。好在昨晚天气不错，祈念者也没有突发疾病倒下。

"都什么时候了还早上好。我只说事情。再过一会儿，警察会过去找你。他们想看看大楠树，你领他们过去。"千舟一口气说道。

"警察？他们为什么要看大楠树？"

"听说是为了查案子。"

"查什么案子？我可没干过坏事。"

"这我知道。不是去查你的。详细情况你可以直接问警察。好了，那边就交给你了。"

哎——玲斗还没来得及回答，电话就挂了。他盯着手机，满心疑惑。这究竟是怎么回事？

大约三十分钟后，玲斗正在打扫神社院子时，一个四十岁上下、身穿西装的男人沿着石阶走了上来。那人肤色黝黑，表情很是严肃，目光尤为不善。他身后跟着一队身穿制服、头戴制式帽子的人。他在电视上看见过，那好像是痕检组。

男人用手帕擦着汗，目的明确地朝玲斗走去。他脸上虽然挂着笑容，但越看越让人觉得来者不善。

"你是这里的人？"那人不太客气地说。

"是的。"

"负责人呢？"

"就是我。"

"就你？"他脸上的笑容消失了，用怀疑的目光看着玲斗。

玲斗没好气地瞪了他一眼。"你有事？"

"你真的是负责人？这里没别人了？"

这大叔态度真差，一点都不懂礼貌。

"这里只有我一个人。"玲斗从钱包里抽出名片，上面印着：月乡神社　值班室管理主任　直井玲斗。

看过名片，那人才勉强点了点头。

"原来是这样啊。虽然柳泽女士之前跟我说过，但我还以为是个上了年纪的人呢。"

他从上衣内袋掏出个什么东西，出示给玲斗看。是警官证。玲斗凑过去仔细看了一眼姓名。

"中里警官？"

中里应了一声，快速收起警官证。

"听说你想去楠树那边看看。"

"是的，能麻烦你带路吗？"

"可以是可以，但我能先问问为什么吗？"

听了玲斗的话，中里思索片刻。

"这件事过后再细说如何？因为解释起来太花时间了，而我们想尽快开始工作。"

"什么工作？"

"就是痕检工作。你这边的大楠树可能跟某起事件有所关联。"

"某起事件？"

"解释的事情先往后挪挪吧。"中里露出了令人毛骨悚然的笑容。

玲斗叹了口气。他这样根本不算解释，可就算往下问，他恐怕也不会说什么了。

"知道了，请跟我来。"

"谢谢，麻烦你了。"中里丝毫没有抱歉的样子。

玲斗带着中里一行人朝大楠树走去。来到祈念入口，中里让痕检组先在外面待命，独自跟随玲斗走了进去。他也许是想避免现场被太多人扰乱。

穿过树林中的羊肠小道，前方就是大楠树。中里发出了惊叹声。

"好大啊。我虽然是头一次看见，不过这比我想象中的大多了。"

不怪他感到惊讶，因为这棵楠树的枝丫朝着四面八方恣意生长，树干的围度超过了五米，粗壮而蜿蜒的根系伏在地面上，宛如无数条大蛇。第一眼看见时，玲斗甚至被它的庄严与魄力所震撼，忍不住身体发抖。

"请问这棵楠树被卷进了什么事件？"

中里略显犹豫地掏了掏右边耳朵，接着朝手指吹了口气。

"三天前发生了一起案子。昨天我们逮捕了疑似凶手的男人，而他在逃避追捕的过程中，好像曾经躲藏在这棵楠树中。"

"什么时候？"

"两天前的深夜，日期变换之时。"

那是坂上被送去医院的夜晚。

"那就是深夜零点左右吧。原来如此，那的确有可能。"

"怎么说？"

"因为我不在这里。"

玲斗简单讲了一遍那天晚上的事情。

中里抚着额头，露出思索的表情。

"也就是说，那天晚上十一点左右，你跟着救护车一起离开了这里，回来时已经早上七点多了。而那个时候，这里并没有人。那你有没有注意到别人来过的痕迹？"

"就算有，我也没发现。如果地上掉了我没见过的东西，那倒是另说，但我当时并没有看见什么明显的异样。"

"嫌疑人说他是早上六点多离开的，跟你的话能对上。好，我知道了。可以请痕检组进来了吗？"

"可以是可以，但是我想先提个问题。你说的那起案子，是导致受害者头部受重伤的抢劫案吗？"

中里眼中闪过一道阴影，但很快就换上了有点骇人的笑容，还竖起食指放在唇上。"你可别到处乱说啊。"

玲斗点头答应了。

"中里警官不过去帮忙吗？"

玲斗把塑料瓶装的乌龙茶倒进杯子里，放在中里的座位前。二人此刻正坐在值班室，而痕检组正在楠树内部和周围工作。

"谢谢，我正好渴了。走上那段石阶时，我已经出了一身的汗。今年夏天恐怕会很热吧。"中里美滋滋地喝了一口乌龙茶，"不是有句话说，没有金刚钻不揽瓷器活嘛。痕检工作当然得交给专家来处理。像我这种外行人要是去帮忙，要遭人嫌弃的。"

"中里警官也是外行吗？"

"我是有一些痕检方面的知识，但是在实践操作上，就是外行了。那帮人工作的时候，连警视总监都不敢贸然靠近现场。"

"那跟电视剧不一样啊。"

"电视剧里的警官都很帅啊，想干什么就干什么。"说完，中里拿出来一张照片，"你对这个人有印象吗？"

玲斗瞥了一眼照片，不由得心中一惊。因为他前不久才碰到过这个人。于是他回答"有"。

中里的目光愈发锐利了。"这人叫什么？"

"姓久米田……名是什么我忘了。"

"你跟他认识？"

"不认识。硬要说的话，我算是目击到他作案的证人。虽然受害者不是我。"

"作案？那可不是什么小事。你仔细说说？"

"哦，那的确不是什么大事。"

玲斗把他跟久米田的关系告诉了中里。本以为这点小事会让中里大失所望，但是对方竟表现出了几分好奇。

"还有这种事？那就是说，久米田并不是碰巧逃到这座神社来的，而有可能早就把这里当成了自己的藏匿地点。"

"抢劫事件中被逮捕的男人，就是那个大叔吗？"

玲斗心想：原来他真的不是什么好人啊。就说上回那二百日元，那人都没有来付钱。

中里耸了耸肩。"目前逮捕他的罪名是擅闯民宅。"

"不是抢劫吗？受害者的头部受伤了呀。"

"嗯，话是这么说……"中里吞吞吐吐地说着，看了看周围，"这里的门窗关紧了吗？"

"啊？"

"我是说来楠树这边祈念的人突然病倒，你陪他去医院的时候。"

"哦……那天我确实没有锁门，毕竟事出突然。"

"那你回来的时候，值班室有什么异常吗？"

"应该没有。"

中里若有所思地点点头，再次看向四周。

"楠树那边调查结束后，能让我再调查一下这间屋子吗？"

"这里也要？"玲斗惊讶得声音都拔高了，"为什么？"

"因为久米田可能进来过。"

"那个大叔进来这里做什么？"

中里面露为难，挠了挠头。

"久米田那个人吧，他只承认擅闯了受害者的家，但是拒绝承认行凶。所以我们正在想方设法找证据呢。"

玲斗不明所以，皱起了眉。"什么意思？"

"嗯……看来还是应该告诉你。"

中里不情不愿地说了起来。原来，情况是这样的：

接到受害者森部俊彦的妻子的报警后，警方立刻赶到了现场。森部倒下的客厅里虽然有血迹，但并不存在打斗的痕迹。另外，放在客厅柜子里的现金不翼而飞了。

客厅旁边有一个用于陈设古董的房间，那个房间的窗户被打开了，凶手有可能是从那里逃走的。经过仔细调查发现，二楼浴室的窗户也有被人闯入的痕迹。森部的妻子说，为了通风换气，那扇窗户一般都是开着的，案发时很可能没有上锁。

调查人员在翌日早晨才得到了森部本人的证词。他说，他开车回家取工作要用的资料，把车开进车库后，直接从车库的小门进入家中。正忙着在客厅柜子里翻找资料时，突然感觉到背后有动静。一回头，就看见一个身材高大的蒙面男子。他转身就跑，但是立刻被人从后面袭击了。而且，他也想不到凶手可能是谁。

调查人员走访了周围的住户，又调出了案发时的监控录像。得到的证词称，当天下午四点左右，曾有一名可疑男子窥视森部家。附近一户人家门口的监控摄像头也拍到了一名可疑男子，其服装与证词的描述一致。警方让森部查看了录像，他断言那就是与自己相识多年的久米田康作。

警方当即派出几名调查人员前往久米田家，但是家中只有一位老母亲，并未找到久米田。他母亲也不清楚他的行踪。调查人员一直蹲守到了第二天早上，久米田都没有回家。

不过在上午八点左右，附近的巡逻岗亭发来消息，称久米田上门自首了。蹲守在久米田家中的调查人员立刻前去，将其逮捕归案。

久米田在接受审问的过程中承认了自己曾经闯入森部家的事实。他的目标是森部极为看重的古董。当时他正在客厅隔壁的房间里行窃，突然听见有人进屋，透过门缝发现是森部。他暗道不好，便轻手轻脚地翻窗户逃走了。他还交代，自己什么都没偷成，因为来不及。

审讯员问："那怎么可能，你不是打伤森部先生，偷走了现金吗？"但是久米田坚持说自己什么都没做，什么都没偷。我们还检查了他的随身物品，确实什么都没有。问他自首前在什么地方，他只说自己到处移动，记不清楚去过什么地方。我们查了他的手机位置记录，这才发现他竟躲在这里。久米田好像连手机会留下位置记录这种事都不知道。

叙述告一段落，中里像是渴了，一口气喝干了乌龙茶。

"所以痕检组的人要调查的是……"

"没错，我们要找久米田偷走的东西。他从森部家拿走现金后，肯定得找个地方藏起来。"

"那应该不在楠树里面。因为我昨天和今天都打扫过。"

"那倒也是。毕竟他再怎么蠢，也不会把钱藏在很容易被人发现的地方。所以，我还想查查这间值班室。久米田有可能把手机放在楠树里，又偷偷跑到这里来。"

"我明白了。"

这时，中里的手机响了。他接起电话说了两三句，挂断电话后看向玲斗。"不好意思，能请你跟我来一趟吗？我想让你看个东西。"

"看什么？"

"我也不太清楚，总之先过去看看吧。"

玲斗跟中里一起离开值班室，去了大楠树那边。痕检组的人都集中在了离楠树不远的地方，旁边还有一棵榉树。

貌似组长的人拿了一个装在塑料袋里的黑色布片模样的东西给中里看，还说了几句话。

接着，中里叫了一声"直井君"，招招手示意他过去。"你见过这东西吗？"

玲斗走过去看了一眼塑料袋，里面是一个黑色的头罩。一眼就能看出是豹子造型，而且他以前还在电视上看到过。

"这是豹子头罩。"玲斗想起来了，"以前一个很有名的职业摔跤手用过。"

"这我知道。他可是我们小时候的英雄啊。痕检组说这东西被埋在了旁边的榉树下面。根据土壤的硬度判断，应该是最近的事情。你有印象吗？"

玲斗摇摇头，然后又摆摆手。"没有。这可不是我埋的。"

中里点点头，又跟痕检组的组长说了一会儿。玲斗再次看向豹子头罩。听中里刚才的话，袭击受害者的人是一名蒙面男子。

他想象久米田戴着这个头罩行凶的模样，险些笑出声来。

当天晚上没有人预约祈念，玲斗晚上六点一过就回了柳泽家。到了家他才发现，家里竟来了客人。一个身披浅紫色针织罩衫、看上去七十岁左右的小个子妇人正与千舟隔桌而坐。她看见玲斗，点了点头，于是玲斗也打了声招呼。

"你来得正好，给你介绍一下吧。"

千舟话落，玲斗便依言坐在了她身边。

"这位是久米田松子女士，我的小学同学。"

玲斗闻言，瞪大了眼睛。"那个久米田的母亲？"

"你怎么直呼别人名字，没礼貌。"千舟皱起了眉。

"没什么，这也难怪。"松子安抚道，"真对不起啊。警察今天也到你那边去了，对吗？给你添了这么多麻烦，实在很抱歉。"她低下了白发苍苍的头。

"这是怎么了？"玲斗轮流看着千舟和松子。

"你应该听说了吧，康作先生被逮捕了。松子家今天被警方搜查了一遍。她听说警察的人还要去搜查月乡神社，想到可能会添麻烦，就来登门道歉了。"说到这里，千舟翻开了她的黄色记事本，向松子问道："这样说对吗？我没说漏什么吧？"

"没说漏，基本对了。"松子说完，看向玲斗："神社那边没什么问题吧？"

"警察发现了奇怪的东西。"

玲斗把在楠树附近挖出了职业摔跤手的头罩一事说了出来。松子面露困惑，想来是没见过那样的东西。

"后来，警察还调查了神殿和值班室，但是并没有发现丢失的现金。所以他们说明天还想来继续调查。"

"是吗？其实警察在我家也什么都没找到。不仅我儿子的房间，别的房间他们也查过了。现金肯定是找到了一些，但是并没有那么多，而且他们说并不是失窃的那些现金。"

玲斗闻言心想，可能警方掌握了现金的编号。

"警察说，久米田先生承认了擅闯民宅，但是坚称自己没有偷走任何东西，也没有打伤森部先生。"

听了玲斗的话，松子表情有些扭曲。

"他觉得说那种话警察会相信吗？早知道就该让他年轻时多

吃点苦头。都怪我家那口子总溺爱这个独子，把他惯成了现在这副没出息的模样。我一点都不明白那孩子究竟在想些什么。肯定不是什么有出息的事情。"

听到眼前的妇人称呼一个中年男人为"那孩子"，玲斗不禁想，在母亲眼中，孩子不管多大了，果然都是小孩子啊。

"那你接下来打算怎么办？"千舟问松子。

"还能怎么办，只能看着办了。干脆趁此机会让他蹲几年监狱，吃点苦头，说不定还能正正他的性子。"松子的语气并不悲观，反倒很是干脆。不愧是千舟的朋友，真是个果敢大气的人。

"我明白你的心情，但也不能什么都不做吧。他说自己没有做，那不如再详细问问呢？"

"话是这么说，可也见不到他啊。"

"松子，你确实见不到，但是有人能见到，那就是律师。"

"律师？"

"你认识能帮上忙的律师吗？"

"律师啊……"松子的表情并不轻松，显然是没有。

"那个，千舟姨妈。"玲斗插嘴道，"岩本律师怎么样？"

"岩本？"千舟皱起了眉。

"我出事那次，警察帮我找来的律师啊。听说他还是你的大学同学呢。"

千舟一脸诧异地翻开黄色记事本，翻到了靠后的页面。也许那里记录了她的人际关系。

不一会儿，她就抬起头来，看着玲斗点了点头。

"岩本律师是吧。谢谢你，让我想起了一个不错的人选。"

"因为那是对我有恩的人。"玲斗耸耸肩。

· 6

　　岩本义则来到月乡神社，是在玲斗提醒千舟想起他的四天后。因为千舟提前联系过玲斗，他见到岩本并没有感到惊讶，只是在院内迎接时有点紧张。

　　"好久不见了。"

　　岩本伸出右手。过了好几秒钟，玲斗才意识到他这是在等着握手，连忙握了上去。"好久不见。"

　　"看你过得不错，我也放心了。"岩本甚是好奇地打量着玲斗身上的工作服，"没想到你会成为这座神社的管理者啊。柳泽女士的想法还是这么大胆。"

　　"我还差得远呢。"

　　"我都听柳泽女士说了。你还在上大学吧？"

　　"是通信大学，不是考上的大学。"

　　"那些都不重要。重要的是能否找到属于自己的道路，而不是依靠抛硬币决定。"岩本做了个抛硬币的动作。

　　"上次真是太感谢您了。托您的福，我才有现在的生活。"玲斗郑重地道谢，深深鞠了一躬。

"我只是完成客户委托的工作罢了。你要感谢，就应该感谢自己的姨妈。"

"我每天都在感谢她。当然，只是在心里。"

岩本哈哈笑了起来。他脸型偏瘦，戴着黑框眼镜，满头白发跟第一次见面时别无二致。玲斗那次潜入原来的公司，因为盗窃和擅闯民宅的嫌疑遭到逮捕时，就是这位律师帮了他。

"我听说您接了久米田的委托。请问这案子有希望吗？"

岩本闻言只是笑笑，没有回答。然后他反问："我能看看大楠树吗？"

"当然可以，请跟我来。"

玲斗做了个请的动作，迈开了步子。

"昨天，嫌疑人被二次逮捕了。这回是盗窃。"

"找到失窃的现金了吗？"

"不，不是现金。失窃物品你也见过的。"

"失窃物品，我见过？"玲斗心头一动，停下了脚步，"难道是那个头罩？职业摔跤手的？"

岩本苦笑着点了点头。"对，那个豹子头罩。"

"久米田那家伙竟然偷了那种东西？"

"他自己说，是物归原主了。"

"什么意思？"

"边走边说吧。其实关于案件我不能透露太多，不过我想，你肯定不会到处传播的。"

"嗯，我可以答应您。"

二人朝着楠树的祈念入口走去。

"久米田认识以前给那个职业摔跤手当过经纪人的人。"岩本不紧不慢地开口道，"那个人负责管理头罩，但是在辞去工作好一段时间后，才发现有一个头罩落在他这里没有还回去。我猜，豹子头罩应该有不少备用的吧。他联系了摔跤手本人，对方表示头罩换了新设计，所以他就没有还回去。后来久米田见到，就管他要了过来。"

"哦？这么说倒是挺合理的。"

"大约三个月前，久米田跟森部先生打麻将时提起了这件事。森部先生本来就爱好收集古董，便表示想看看实物。后来久米田拿了头罩给他看，森部先生表示愿意出两万日元买下来。久米田听了这话，笃定头罩的价值不止两万，便坐地起价，表示十万可以考虑。二人一个说太贵了只能出三万，一个说太少了可以让步到七万，几番交涉下来，定了五万日元的价格。"

"所以久米田用五万的价格卖掉了头罩，是吧。"

玲斗回忆起头罩的模样，不禁想：那东西竟然能卖五万吗？如果是他，五百都不买。收藏家的心思真是难以理解。

"但是到了最近，久米田看了一个古董鉴定的节目，不由得大吃一惊。原来那个摔跤手本人用过的头罩竟然能卖到不下百万日元。于是他意识到，自己被骗了。"

玲斗适时回应："这样啊。"他好像看出点头绪来了。

"所以他潜入森部先生家，是为了拿回那个头罩？"

岩本呵呵笑了起来。

"久米田说，因为自己直接开口要，对方可能也不会归还，所以想着先潜入他家拿回来，然后卖掉换钱，再把五万日元还给森部。"

"那句话的后半部分绝对是谎话。他恐怕并不打算归还五万日元。"

"我猜也是。如果他这么做了，不就等于坦白是自己偷了头罩嘛。但不管怎么说，久米田本人是这样说的。"

"简而言之，就是拿回自己被人骗走的东西。嗯，我明白了。原来就是这么回事啊。"

岩本突然停下脚步，若有所思地转过头来。

"看你这表情，好像很同情久米田啊。"

玲斗无奈地拍了拍头。

"这都被您看出来了？不愧是岩本律师，什么都瞒不过您的眼睛。老实说吧，我还挺能理解他的心情。要是本来自己应得的东西拿不到手里，我也会很生气。"

玲斗之所以潜入原来的公司，是因为他被莫名其妙地辞退了，还没拿到补偿金。所以他想着，要拿回自己应得的钱。

"但是久米田的豹子头罩并不是被骗走的。就算当初的交易金额不合理，那也是卖家和买家商议之后的结果，属于正当交易。无论怎么解释，盗窃就是盗窃，没有辩驳的余地。"

"那倒也是。"

二人再次迈开步子。走进祈念入口，穿过小树林，来到大楠树前方。

岩本推了一下黑框眼镜，低声赞叹道："这么久没见了，还是如此壮观啊。给人一种难以抵抗的压迫感。难怪会有人传说这棵树有着神圣的力量。"

"您知道楠树祈念仪式吗？"

"我以前听别人说过。据说那是向后世传承祖先家训的仪式，后来不知怎么传的，就成了能够实现愿望的仪式。"

看来他并不知晓祈念的真正内容。不过，玲斗并没有纠正。因为千舟曾对他说，无论对方是关系多么亲密的人，都不能把秘密透露出去。

岩本抬脚走进了楠树的树洞。

"嗯，这里面比我想象中还要宽敞呢。如果是在这里，就算待一整个晚上，也不会很难受吧。"

"对于自己来过这里的事情，久米田怎么说？"

"他说有两个目的。"岩本竖起两根手指，转身走出了树洞，"一是为了藏匿偷出来的宝贝。作案后的第二天，他为了尽快卖掉头罩，独自去了市中心，但是提前调查好的店铺只交易迪士尼和著名动漫人物的周边，并不交易职业摔跤手的周边商品。于是他又去了好几家古董店和当铺，都吃了闭门羹，没能卖出去。这类物品其实分成了许多类别，如果店铺不交易，那就没辙了。"

"不可以放到网上拍卖吗？"

"他确实想过，但是担心被森部先生发现。后来天黑了，他只能无功而返，恰好看见几个陌生男人在自己家出入。那些人虽然没有穿制服，但久米田直觉他们是警察。他担心自己身上的豹子头罩被发现，就跑到这里来躲藏了。"

"原来是这样啊。"玲斗走向发现赃物的榉树，"听警察说，是在这附近挖出来的。"

岩本抬头看了一眼树冠，然后点点头。

"与供词一致。他说担心自己找不到埋东西的地方，就找了一棵比较显眼的树，埋在了树底下。"

"您刚才说久米田到这里来有两个目的，那第二个是什么呢？"

"是为了思考接下来该怎么行动。如果他潜入森部家的事情已经被警察知道了，那他必然逃脱不了抓捕。他虽然想清楚了，决心自首，但还要再想想该怎么解释才能减轻自己的罪名。那天晚上天气不好，得找个能避雨的地方，于是他来到了这里。"

"他在树洞里想了一晚上，最后定下的说法就是他确实潜入了森部先生家，但是什么都没偷，也没有打伤森部先生，是这样吗？"

"没错。但是后来豹子头罩被发现，证明他什么都没偷的供词是在说谎。"

"家中丢失的现金找到了吗？这间神社也被警察连着调查了

两天呢。"

"不，没找到。你应该听说了，久米田的住所也被警察调查过，同样没找到。"

"失窃的现金有什么特征吗？我听松子阿姨提了一下，便觉得是不是警方掌握了编号。"

"如果是知道编号，警方肯定会把久米田家中所有一万日元钞票全部暂时收缴进行比对。之所以没有这么做，是因为失窃的现金有着一目了然的特征，而久米田家中并未发现具有那种特征的钞票。"

"特征？一万日元钞票上有什么特征？"玲斗顿了顿，随即反应过来，"我知道了，那是新钞吧。"

"回答正确。一般被实业家放在家中的现金，都是尚未拆扎钞纸的新钞。失窃的现金正是那种新钞。"

"警察没在久米田家里搜出来吗？"

"没错。正因为这样，事情变得有些复杂了。"

"怎么说？"

"久米田供述了自己潜入受害者家中盗走头罩的事情，并主张自己并未偷盗现金，也没有殴打森部先生。他还对我说，这些都是真话，要我相信他。如此一来，案子就有很大的问题。如果他殴打了受害者，那就是抢劫致伤罪，要判六年以上的实刑；如果没有殴打，那就只是擅闯民宅和盗窃罪。就像你的案子那样，只要能够庭外和解，也可以不被起诉。话虽如此，他的这番话我确实难以相信。"

玲斗回想起中里的话。

"受害者说凶手当时是蒙面的。那会不会是久米田戴上刚偷到的头罩行凶呢?"

"从证据情况来考虑,如果他是凶手,那么这就有可能是犯罪事实。但是本人坚决否定这个说法。他说他没有蒙面,而且担心好不容易到手的宝贝会弄脏,一直没有把它从塑料袋里拿出来。"

"如果他打算卖掉,那倒是合理的。受害者看见了凶手吧,他难道不记得凶手用什么东西蒙面吗?"

"想必没有明确的记忆。如果是豹子头罩,受害者应该一开始就说出来,而有了这个证词,调查人员必然会咬死久米田不放。"

"但如果久米田说的是真话,那就证明窃贼和强盗先后闯入了受害者家中。这真的有可能吗?"玲斗抱着胳膊说。

"现在我还真得用这个荒唐的可能性作为武器,在法庭上进行辩护。光是想想就头痛啊。话虽如此——"岩本咧嘴一笑,"那也不一定是假话。毕竟警方没有找到失窃的现金,而且无法证明就是他殴打了受害者。"

玲斗眨眨眼睛,看向岩本。"没有证据吗?"

"我倒是没有听见参与调查的人亲口这么说,但可以推测,他们手上并没有决定性的证据。比如说,你听刑警提起过凶手殴打受害者的凶器是什么吗?"

"凶器?我还真没听说呢。"

"对吧，我也没听说。警方当然是故意不公开的。如此一来，只要久米田供述了关于凶器的事情，那就是只有凶手才知道的真相，能够成为证据。这种做法叫作曝光秘密。警方隐瞒信息往往是为了这个。"

"原来是这样啊……"

"话虽如此，那也不能算是只有凶手才知道的真相。因为我去见过负责运送受害者的急救队员，他说现场掉落了一个满是血迹的烟灰缸。那个烟灰缸很大，是水晶材质的，应该本来就放在案发的房间里。"

"那是有钱人家里常见的款式呢。"

"但是久米田说，他在作案时戴了手套。是一双带有橡胶防滑涂层的棉手套。他戴着手套从二楼浴室窗户闯入，到一楼的收藏室偷走了豹子头罩。他表示从闯入到逃走的整个过程，自己从未摘下过手套，而警方也从未提及过指纹的事宜。能够证明久米田擅闯民宅的物证，就只有房间里发现的几根毛发。经检验，毛发确实属于久米田。此外，收藏室的置物架和抽屉上都发现了手套接触过的痕迹。这种痕迹叫作手套痕。然后就是烟灰缸了。如果那上面也有一样的手套痕，警方肯定早就用它来逼问久米田了。但他们并没有这么做，你觉得是为什么？"

玲斗不必多想，就有了答案。

"因为烟灰缸上根本就没有手套痕，对吧？"

"我猜应该是的。而且，用于蒙面的工具也可能不一样。"

"蒙面的工具？不一样？"

"警察肯定会对豹子头罩进行详细检查。如果久米田曾经戴过那个头罩，上面必然会留下痕迹。凭现在的技术水平，哪怕只是一丁点皮脂，也能提取出 DNA 信息。只要证明他戴过头罩，那便是一个确凿的物证了。然而警方同样没有对久米田提起过这件事。换言之，头罩上并没有检出久米田戴过的痕迹。"

"那就是久米田另外准备了蒙面的东西？"

"警方下一个怀疑的，应该就是这个可能性。但我猜测，他们暂时还没有找到另外的蒙面工具。久米田对我说，在这几天的审讯中，警官反复问了好几遍同样的问题，还劝他赶紧老实交代，除此之外就没有别的了。由此可见，警方未能从他的供述中发现矛盾之处，正处在无从查起的状态。我已经提醒他了，如果真的不是他干的，那就绝不能被审讯人员的话绕进去。"

毕竟那个空间真的很特别啊——玲斗想起了自己接受调查时的情形。他一心只想早点出去，别人问什么他都回答了。如果他还犯了别的事，说不定都会当场抖搂出来。

岩本看了一眼手表。

"好了，我也该走了。谢谢你带路。"

"岩本律师，您相信久米田的话吗？"

岩本耸了耸肩。

"我是一名律师，就该以嫌疑人的话为前提展开行动。"

"我想问您是否相信他的话。"

"我的想法是，自己必须相信久米田对我说的那些话。只可惜，我无法保证他把所有实情都告诉我了。"岩本的话语里，似乎透着某种思量。

"您是说，久米田可能有所隐瞒？"

"如果所有委托人都对我知无不言，那这份工作就太轻松了。若是可以，我真想打开他们的脑袋，看看里面都装了什么东西。"

说到这里，岩本道声"再见"，便转身离开了。

打开脑袋看看吗——

那个瞬间，玲斗脑中闪过一道灵光。他回过头，看向大楠树。

千舟停下筷子，严肃地看向玲斗。"什么？你刚才说什么？"

玲斗看着姨妈的眼睛，重复道："我想请松子阿姨来受念。"

千舟皱起了眉。"为什么你认为这么做就能万事大吉？"

"哎，说万事大吉也许是夸张了，但是我想，至少能确认久米田有没有说实话啊。"

"怎么说？"

"就像刚才说的，久米田那天在大楠树里过了一夜，还想了一夜的对策。那正好是坂上先生发病倒下的晚上。那一夜是新月，大楠树里面一直燃着蜡烛。我猜，应该是久米田点燃了蜡烛。久米田在那个状态下思考了很多事情，这意味着什么？"

千舟放下筷子，轻叹一声。

"也许……大楠树接收了康作先生的念。"

"因为大楠树会容纳一切。接下来，就该松子阿姨登场了。只要她去受念，就能知道久米田在那天晚上究竟想了什么。如此一来，我们就知道他究竟是只偷走了豹子头罩，还是殴打森部先生后连现金也一并搜刮走了。"

千舟微扬下颌，冷冷地看着玲斗。

"但那不是祈念。一是没有执行正当的手续，二是本人并没有寄念的自觉。如此，我就不能让任何人随意窥探他脑中的想法。这是歪门邪道。你这样的想法，与楠树守护人的道义相悖。"

"但是这么做也许能帮到他自己啊。假如他说的都是实话，我得帮帮他，否则他就要被冤枉了。"

千舟闻言，面色更冷了几分。

"你这番话，说得倒是挺冠冕堂皇。帮他？你怎么突然成了康作先生的支持者？之前你不是很小看他吗？老实说吧。你并不是为了帮他，对不对？你的真正目的是戳破康作先生的谎言。也就是说，只是为了满足自己的好奇心。怎么样，是我说错了吗？"

尖锐的言辞让玲斗无言以对。千舟见他这样，露出了恨铁不成钢的表情。

"二者不是一样的吗？若是能探明真相，就能帮到岩本律师了。"

"别说蠢话了。你觉得楠树的念能用作呈堂证供吗？在此之前，你又准备如何向岩本律师解释？我通过楠树的念探知了真相，久米田康作先生说的都是实话——你这样说，他会接受吗？"

玲斗的肩膀耷拉下来。"真的不行吗？"

"不行。这个话题到此为止。吃饭吧。"

玲斗叹息一声，拿起了筷子。今晚的主菜是慢炖北鲳。玲斗还未动筷，就再次抬起头来。

"这么做也算帮到了松子阿姨。"

"别再说了，我已经说了这个话题到此为止。"千舟头也不抬地驳斥道。

玲斗垂下头，夹了一筷子炖鱼。还是这么好吃。然而，他此刻丝毫没有品尝美味的心思。

这时，千舟问道："你为什么觉得这样能帮到松子？"

玲斗放下筷子，挺直了身体。"因为我觉得，这是让松子阿姨理解他的好机会。"

"理解？理解什么？"

"松子阿姨之前说过，她完全不明白久米田心里在想什么。听岩本律师说，如果警方以抢劫致伤罪起诉他，他至少要蹲六年监狱。在此期间，松子阿姨虽然能去探视，但也会受到很多限制。如果只能在非常有限的时间内交谈，她恐怕很难理解儿子的想法。而且刑期可能不止六年，别怪我说话不好听，松子阿姨也不小了，恐怕——"

"住嘴！"

千舟厉声打断了玲斗，吓得他缩了缩脖子。

"你这个人真的是的，如果我不管着，还要口无遮拦到什么时候？"

"对不起。我真的觉得这对松子阿姨来说是个很好的机会。

尽管久米田本人并没有自觉，但他的想法已经被楠树接收了。如果松子阿姨知道自己也许能通过楠树得知儿子的想法，一定也想去受念。千舟姨妈，您是松子阿姨的朋友，难道不想帮她实现愿望吗？"

千舟长叹一声，注视着玲斗。"你这张嘴啊，还是这么能说。"

"对不起，我是希望您能理解……"

听了玲斗的话，千舟好像瞬间就松懈下来。

"我明白了，你想这么做并不是单纯因为好奇。"

"老实说，我确实很好奇，因为我就是控制不住自己惦记这件事。但我同样觉得松子阿姨太可怜了，没骗人。"

"松子可怜……吗？"

千舟垂下头，沉默了半晌，然后抬起来，注视着玲斗。

"你去查查，下一个满月之夜是否有预约。"

"我这就去。"玲斗拿起了手机。

· 7

　　玲斗仰头看着散发银白光芒的满月，心中暗想：今日的受念者应该是个善良的人。今夜晴空无云。不同于那个乌云覆盖夜空的新月之夜，今夜的月光甚是明亮，还掩盖过了星光。

　　站在值班室门口，他发现鸟居那边有两个光点缓缓靠近。是拿着手电筒的千舟和久米田松子。

　　玲斗等她们走近，先道了一声晚上好。

　　松子心神不宁，只敷衍地笑了笑。

　　"我都听千舟说过了，但还是不太明白。为什么向楠树祈念，就能了解康作呢……"

　　"与其听我们解释，不如你亲自去祈念看看吧。"

　　玲斗看着松子，表示赞同千舟的话。

　　"走吧，我带你去入口。"

　　松子郑重地点了点头。

　　玲斗领着两位老妇人走向祈念入口。这是个安静的夜晚，周围连虫声都听不见，只回荡着三个人踩在土地上的脚步声。

来到祈念入口前，玲斗停下了脚步。

"再往前，就请你独自进去了。"说着，他把手上的纸袋递给了松子，"这里面装着蜡烛和火柴。楠树里准备了烛台，请你将蜡烛插上去，用火柴点燃，然后心中默念关于令郎的事。"

"我该默念关于那孩子的什么事？"

"什么都可以。"千舟回答，"只要是跟康作先生有关的就行。可以是从前的回忆，也可以是想要遗忘的憾事。关键在于让楠树感应到你与他的血缘关系。"

松子皱起了眉。"如果是憾事，那可太多了。"

"那就可以了。你要加油。"

松子点点头，抬脚走向树林深处。目送她进去后，玲斗和千舟决定先返回值班室。他准备的蜡烛可以燃烧两个小时，现在是深夜十点多，等到仪式结束，说不定已经是第二天了。

"您是怎么过来的？"玲斗问。

"包车来的。在下面等着呢。"

"那我就放心了。毕竟这个时间已经没有公交车了。"

"你刚才是不是想，明明没什么正经的收入，还那么奢侈。"

"我才没有。"

"少骗人了。老实回答我，你觉得我这么做很奢侈，对吗？"

"……是有这么一点想法。"

"你瞧，果然如此。"说完，千舟叹了口气，"其实我也觉得奢侈。年轻时，我都是走路过来的，有一段时间也像你一样骑自行车。那时就算没有公交车，我也没觉得不方便。刚才松子也很惊讶。她以为只是叫一辆出租车，没想到我会包车。"

"您虽然已经退居幕后，但也是柳泽集团的前最高层领导。我倒是觉得稍微奢侈一点不算什么。"

千舟有气无力地扭过头，摆了摆手。

"别说了，我可不爱听奉承话。"

玲斗无从反驳，只能低头道歉。

"我很害怕。"千舟突然沉声呢喃。

"害怕？"

"我怕自己会迷路。现在，我走在半道上，突然忘了自己在哪里的情况越来越多了。搭出租车也一样。有时候突然觉得窗外的景色很陌生，没办法给司机指路了。所以我就忍不住请了自己熟悉的司机，跟他包了车。"

"这有什么不好的。反正就算没收入，您也还有很多存款呢。"

千舟停下脚步，抬头看他。"你怎么知道我有多少存款？"

"我不是知道，只是猜的……"

"如果你期待得到庞大的遗产，那我就先把话放在这里，存款没有那么多。真不好意思啊。"千舟大步走了起来。看着她的背影已经恢复了先前的孤傲，玲斗稍微放心了一些。他不想看到千舟颓然的样子。

回到值班室，千舟给他泡了茶。他们已经很久没有单独待在这个地方了。算起来，自从玲斗结束守护人实习之后，就没有这样过了。

"松子阿姨之前好像不了解楠树的祈念呢。"

"那当然了。就算她是跟我一起长大的发小，我也不会轻易告诉她。"

"那您这次是怎么对松子阿姨说的？"

"真实情况有点复杂，所以我用了你的演说。"

"演说？"

千舟在自己的手机上点了几下，放在桌子上。片刻之后，里面传出了声音。

"至少能确认久米田有没有说实话啊。"

"就像刚才说的，久米田那天在大楠树里过了一夜，还想了一夜的对策。那正好是坂上先生发病倒下的晚上。那一夜是新月，大楠树里面一直燃着蜡烛。我猜，应该是久米田点燃了蜡烛。久米田在那个状态下思考了很多事情，这意味着什么？"

"也许……大楠树接收了康作先生的念。"

"因为大楠树会容纳一切。接下来，就该松子阿姨登场了。只要她去受念，就能知道久米田在那天晚上究竟想了什么。"

千舟又点了一下手机，停止播放。

"后面的对话，我也让松子听过了。就是你说为了松子好那里。"

"我都不知道您录音了。"

"如果冒犯了你,我道歉。不过这是为了写备忘录。"千舟从包里拿出了圆珠笔,"这不是普通的圆珠笔,而是录音笔。之前我每次结束了重要的对话,都想马上记下来,但有时候等我拿起笔,已经忘记了刚才的对话,所以我就用上了这个。"

"原来如此,这个主意真不错。"

"听完了我也不会删除,而是把数据转移到电脑上保存。"

显然,她又把电脑上的数据传到了手机。

"您真厉害,看来脑子还灵光得很呢。"

"我说过了不必奉承我。不过呢,这东西的确帮了我很多。有了它,我跟别人说话也不会牛头不对马嘴了。"

玲斗确实有这种感觉,所以由衷地为千舟感到高兴。

"有了这支笔,您就能确保听到的信息的完整度了。接下来还有看到的信息。要是忘记自己看见过什么,真的很让人为难。话虽如此,要把生活中的一切都拍摄下来,却也很困难。"

玲斗打了个响指。

"不如试试 GoPro 吧?"

"GoPro ?那是什么东西?"

"是运动相机。只要装在身上,就能拍摄到眼前的所有事物。这种相机的防抖功能特别强大,就算四处走动,画面也不会抖得很厉害。滑雪运动员就喜欢把这种相机安装在头盔上记录自己的战绩。就像这样。"玲斗握着拳头贴在头顶，"从正面看，有点像领主大人的月代头。"

"你要我戴上安了相机的头盔？"

"这样就能拍摄到所有进入视野的画面了。比如您忘了昨天晚上吃的是什么，只要重播录像就能找到。怎么样？"

千舟注视着虚空，嘴里念叨着月代头，还做了个往头上戴的动作。

"对不起，"玲斗连忙道歉，"我是开玩笑的。"

"开玩笑？"

"戴着那种东西，应该没法正常生活吧，啊哈哈。"

千舟生气地瞪了他一眼。"下次别开这种让人当真的玩笑了。"

"对不起。"玲斗再次道歉，心里却想：真的当真了？

看一眼时钟，已经过去三十多分钟了。

"不知松子阿姨的受念是否顺利呢。"

千舟未置可否，双手捧着茶杯慢慢啜饮。

"新月之夜，他虽然待在树洞里，但是并没有寄念的意识，所以他的念能否传达给楠树，还是未知数。"

"我也不奢求，只要能弄清楚久米田的供述是否属实就好了。"

"我先提醒你，待会儿你可千万别问松子情况如何。身为楠树的守护人——"

"切不可涉及祈念的内容，对吧？我明白的。"

"我也不打算主动问她什么。要如何处理受念的内容，全看松子的选择。"

"都说了我明白的。"玲斗饮了一口茶,"对了,岩本律师那边也不知道情况怎么样了。"

"松子说,警察那边暂时没有找到康作先生殴打受害者的证据。目前他被拘留的理由还是涉嫌擅闯民宅和盗窃,一旦拘留时限过了,下次极有可能以伤害的嫌疑再次被逮捕。如果到了那一步,就算没有物证,他最终也会以抢劫致伤的罪名被提起公诉。"不愧是法学专业出身,就算患有轻度的认知功能损害,千舟还是能流畅地说出许多复杂的法律用语。

"那他会得到有罪判决吗?"

"有可能。因为他潜入了民宅,还做出了盗窃行为。在这种前提下,他说自己没有打人,法官不一定会信。"

"就是啊,换成我也不会信。"

"不过岩本律师对松子说,也许可以相信康作先生。"

"为什么?"

"假设最后得到有罪判决,被告是否认罪会极大地影响量刑。如果一直不认罪,会被视作毫无悔改之心。反倒是老实承认自己做过的事情,表现出反省的态度,更容易得到法官的好感。据说警方的调查人员正在这样说服他。"

"然而久米田还是不认罪,那也就是说……"

"如果他真的干了,听到那样的劝说,心里肯定会动摇。但是康作先生始终不愿意认罪。他那个人不像是意志坚定的性格,所以岩本律师判断，他之所以毫不动摇，很可能是因为真的没有说谎。"

玲斗想：这种看法很符合岩本律师的性格。他并不会盲信委托人，而是始终结合对方的性格做出判断。

其后，玲斗独自走到值班室门口等待，总算看见松子回来了。于是他打开值班室的门，对坐在里面休息的千舟说："应该结束了。"

松子走进值班室，玲斗对她说了一声："你辛苦了。"

久米田松子的表情明显很紧绷，甚至看着有点魂不守舍。不知是被楠树的力量镇住了，还是被接收到的念吓着了。也许二者皆有。不管怎么说，这是第一次进行祈念的人常有的反应。

"你还好吧？"千舟问。

"嗯，我没事。"松子的声音有点发颤。

"那就回去吧。我送你回家。"

松子答应了，目光仍旧没有焦点。

玲斗收拾好祈念留下的东西，换好衣服后背着笔记本电脑和教科书走出了值班室。他的交通工具是一辆旧自行车，平时停在石阶下面的空地。因为实在太旧了，他并不担心车子被人偷走。

他回到家时，发现门口停着千舟包的那辆黑车，司机还坐在上面，但是后座已经没人了。如果千舟已经送了松子回家，她应该不需要再用车了。也就是说，松子还在里面。

玲斗从侧门走进内院，再打开玄关门进去，脱掉运动鞋后，穿过了里面的走廊。

"所以你并不打算告诉岩本律师，是吗？"

客厅传来千舟的声音。玲斗忍不住停下了脚步。

"不是因为说了他也不会信，而是不愿意告诉他，对吧？"

"是的，我那儿子虽然蠢，但他到底是自己思考过了，所以我也只能静观其变。"松子的声音里透着一股韧劲，跟刚祈念回来时判若两人。

"这么做真的好吗？如果他被起诉又得到有罪判决，就得进监狱了。"

"我说了好几遍了，如果真的变成那样，就再想办法。"

"知道了。真对不起啊，我有轻度的认知功能损害，记不住东西。"

"你这病还挺方便的。要不，我也试试这招吧。遇到尴尬的时候，就说我有轻度认知功能损害，已经忘记了。"

"你不用演戏，再过不久就会变成真的了。"

"也对。我啊，倒是希望现在就得那种病。"

一阵轻快而镇定的笑声过后，松子又说："我该走了。"

玲斗放轻脚步，匆忙回到了门口。等他再次走向走廊时，客厅的门打开，千舟走了出来。

"哎，玲斗，你刚回来吗？"

"我回来了。"

松子也跟着走了出来，对他轻轻颔首。"今晚真是谢谢了。"

"能帮上您的忙是我的荣幸。"

"我去送松子上车。"千舟说，"一会儿就回来，你别锁门。"

"好的。"

二人离开后，玲斗快速穿过走廊，进入客厅。黄色记事本和圆珠笔都摆在桌上。他拿起圆珠笔，转动笔盖将其拆下，露出了里面的耳机孔和 USB 插口。

玲斗放下背包，拿出笔记本电脑。

· 8

天空将要染上霞光时，早川姐弟三人出现了。玲斗虽然坐在值班室里对着电脑，却把窗帘全部打开，不时向外眺望一眼。他一直在等着他们过来，面前的报告是一点进展都没有。

玲斗走出值班室，迎向他们。

翔太精神饱满地向玲斗打了声招呼。至于他旁边的妹妹，玲斗还不知道叫什么名字。

玲斗也打了声招呼，然后看向佑纪奈。

"突然请你们过来，真不好意思啊。"

佑纪奈摇摇头，表示不在意。她唇边挂着微笑，但是表情略显僵硬。比起上次见面，她好像瘦了一些。

"你带来了是吗？"玲斗看着她手上的纸袋，"有多少本？"

"我带了二百五十本，因为你说多少本都行……"佑纪奈有点不确定地回答道。

"没关系。"玲斗接过纸袋，还挺重的，"我要得还挺急的，真辛苦你印了这么多出来。"

"那是……"佑纪奈欲言又止。

"是碰巧攒了这么多。"翔太说,"姐姐说之前印的全都卖完了,她就自己一个人又印了些。"

"是吗?那可……真了不起。"

佑纪奈脸上依旧挂着僵硬的笑容。

玲斗看向翔太。

"我能跟你姐姐单独说一会儿话吗?你们俩在周围逛逛吧。"

翔太点头答应,飞快地跑走了。年幼的妹妹也跟了过去。

"坐下说吧。"玲斗指了指值班室门口。那里摆着两把折叠椅。

佑纪奈小声应是,脸上浮现出不安的神色。

二人并肩坐下,玲斗从钱包里拿出了五万日元。"给,诗集钱。"

佑纪奈抬眼看了看他。"真的要给我吗?"

"那当然。一本二百日元不是吗?二百五十本就是五万日元。"

她脸上依旧是迷茫踌躇的表情,道了声谢,然后接过钞票。

今天上午,玲斗给她发了一条消息,表示想买诗集,希望她把剩下的全部带过来。最后他还说,想把诗集放在神社,免费发给参拜者阅读。

"你的诗集很不错,如果不要钱,相信很多人都想拿回家看看的。"

"如果是真的就好了。"

"一定会的。毕竟你亲自去卖,也能轻轻松松卖出去十本二十本,不是吗?这可是翔太君跟我炫耀的。"

佑纪奈沉默着低下了头。

"上回的大叔还没来付钱呢。你还记得吗？就是那个想偷诗集的人。我本来还打算下次见到就催他还钱，可是他被抓进去了。"

玲斗注意到，佑纪奈倒吸了一口气，眼眶瞬间变红了。

"你知道前不久发生的抢劫事件吧。一个名叫森部俊彦的实业家在家中遭到殴打，还被夺走了钱财。警方怀疑那个大叔就是凶手，把他抓走了。"

"我好像是听说过那样的事件……"佑纪奈说着说着，声音就听不见了。

"那个大叔承认自己入室偷了东西，但是坚称他没有袭击森部先生，也没有夺走现金。如果他说的话没错，那就是当时还有另一个人，并且是那个人袭击了森部先生。如此一来，大叔搞不好看见过那个人。你说，这到底是怎么回事呢？"

"……你为什么对我说这些？"佑纪奈抬着眼睛看玲斗，声音有点发颤。

"啊，对不起，是我跑题了。其实我是有个东西想交给你。"

"给我？"

玲斗从工作服内侧掏出一个信封。

"负责那个大叔的律师把这东西给了我，说希望我替他交给写诗集的女生。应该是大叔亲笔写的。当然，警察应该检查过信的内容，并且认为没有问题。另外很抱歉，我也看过了。这是大叔对诗集的感想。"

"感想……"

"你把诗集给他的时候不是说了吗？希望他写下感想。看来那个大叔并没有违背这个诺言。"

佑纪奈接过信封，从里面抽出一张信纸。玲斗不动声色地观察着她读信的侧脸，发现她的睫毛在轻轻颤动。

信的内容如下：

你的诗集很好，每一首诗都让我特别感动。我不知怎么说才好，总之，看完就觉得自己有了精神。这本诗集让我觉得，以后还要加倍努力啊，一定要保持坚定，不能放弃啊，要努力成为一个独当一面的人。我能够这样想，都是多亏了你的诗。托你的福，我得到了重生。谢谢你。

希望你以后能写出更多很棒的诗。我由衷地祝福你和你的家人一直过着跟此前一样的幸福生活。

久米田康作

佑纪奈抬起头，眼神呆滞，没有焦点。

"怎么样？"玲斗问道。

佑纪奈眨了好几下眼睛，然后点点头。

"我很高兴。很高兴有人给出这样的感想……我觉得……胸口好热。"

"这上面写着，跟此前一样的幸福生活。"

"是……"

"我觉得应该是保持现在的状态。这就是大叔的希望。"

佑纪奈重复着深呼吸的动作，纤细的肩膀不停地起伏。

"回到事件的话题。受害者森部先生表示，袭击自己的凶手是个头戴头罩的高大男子。"

"啊？"佑纪奈轻呼一声，看向玲斗，"男子？"

"所以，不符合那个条件的人就不会遭到怀疑。"

佑纪奈的目光还在空中游移。

玲斗站起身，朝着蹲在草丛里的弟弟和妹妹喊了一声。

二人走了回来，妹妹手上还攥着一把小白花。

"我们聊完了，回去的路上小心点。"

翔太点点头答应了，然后说："姐姐，我们走吧。"

佑纪奈站起身，看着玲斗，像是有话要说。

"再见啦。"玲斗先开口道，"下次有机会再聊。慢走。"

她露出复杂的表情，微微点了一下头。

天空开始染上橙红的霞光。玲斗目送着三个人在夕阳中渐渐远去。

· 9

　　有一种邮递方式叫作标准信封邮递。使用者可用厚纸做的A4尺寸信封装入需要邮寄的文件或物品，投入邮箱进行邮递，还可以查询到配送情况，用起来非常方便。但是，这种邮递方式不支持现金邮递。标准信封背面都印有"一切使用标准信封邮递现金的要求都是诈骗"的警示语。另外，警方还会向日本邮政提供曾经被用于特殊诈骗的地址，一旦发现与之相符的收件地址，就会对邮件进行X光扫描，若内容物为现金就立即报警。尽管如此，利用这种手段的犯罪行为还是层出不穷。

　　然而在某个地方，发生了与这种犯罪截然相反的事情。他们没有遭到标准信封诈骗，而是收到了装有现金的标准信封邮件。那户人家不是别人，正是上次的抢劫致伤事件的受害者森部的家。一天，他们家的邮箱收到了一封标准信封邮件，打开一看，里面竟然是现金。

　　现金是尚未拆开扎钞纸的一百万日元，另外附带了两万日元，合计一百零二万日元。里面还有一张信纸，所记内容如下：

是我袭击森部俊彦并抢走了现金，与久米田康作无关。

这件怪事很快就在网上传开了。消息并不是从警方传出去的，而是森部的妻子跟朋友提起这件事，又被那个朋友发到了网上。玲斗也是通过网络得知了这个消息。

又过了几天。

"今天松子来过了。"晚饭时，千舟开口道，"岩本律师联系了她，说警方暂时不处罚康作，并且会在短期内释放他。"

"释放？是无罪释放吗？"

千舟摇了摇头。

"不是。只是暂时不确定是否要起诉，决定延迟处理。他的拘留期限快到了，本来应该以抢劫致伤的嫌疑再次逮捕，但是听说警方手头的物证实在太少了。岩本律师通过熟识的刑警大谈了一番，那笔用信封寄来的现金成了康作先生被释放的关键。"

"怎么回事？"

"嗯……"千舟放下筷子，拿起旁边的黄色记事本，"经过警方的详细调查，发现那笔钱就是森部家失窃的现金。上面还附着了森部先生的指纹。这就证明除了康作先生，还有别人也涉及这个案子了。那捆钞票上也附着了别人的指纹，经过检验并不属于康作先生。据说，警方也没有在上面发现手套痕。"

"警方没有考虑过久米田可能有同犯吗？"

"听说他们一直在怀疑这个，但我猜，应该是证明不了。康作先生的侵入路径已经被彻底调查过了，如果他有同伙，必然会留下痕迹才是。"

"那么果然是久米田逃走后，又有别人闯入森部家，并打伤了森部先生？"

"目前只能这样想了。不过根据岩本律师的说法，警方和检方都不太接受这个可能性。他们依旧怀疑康作先生可能与致伤事件有关，恐怕在将其释放之后，还会继续监视他的行动。这就是岩本律师对松子说的内容。如果他们没有别的打算，肯定不会延迟处理，而是直接以擅闯民宅和盗窃的罪名起诉康作先生。"千舟合上记事本，将其放回原处。

"原来是这样啊。不过，至少松子阿姨能暂时松一口气了吧。"

"只能说勉强躲过了最糟糕的情况。当然，他也确实潜入了别人家中，还盗窃了物品。"

玲斗以前也干过同样的事情，所以他无言以对，只能默默伸出筷子。今晚的主菜是鲅鱼西京烧。千舟好像不太喜欢吃肉。

"你怎么一次都不问啊？"

"问什么？"

"松子受念的内容是什么，有没有告诉我。我还以为你会好奇呢。"

"我当然好奇了，但不是有规矩嘛，我不能打探这些消息。"

"话是这么说，但我最奇怪的是，你竟然这么守规矩。当初你提议让松子去受念，不就是出于好奇吗？后来你又不来满足自己的好奇心，实在太奇怪了，让我很不舒服。"

"您怎么能这样说我？"玲斗噘起嘴道，"我这不是在忍耐嘛。我知道千舟姨妈肯定听松子阿姨说了些什么，但也知道您肯定不会告诉我。还是说，如果我问了，您就会告诉我？"

"当然不会。"

"那不就结了嘛。"

千舟再次放下筷子，定定地看着玲斗，像是要看透他内心的想法。

"那五万日元用来干什么了？"她突然问，"你说要买大学的教材，管我借了那笔钱。可是无论怎么想，那也太多了。你老实说，究竟拿去干什么了？"

玲斗慌忙思索借口，同时内心忍不住咋舌。千舟竟然在这个时候问出来，果然是个心思敏锐的老太太啊。丝毫不像是有轻度认知功能损害的人。

他决定不编谎话糊弄过去，于是放下筷子，双手置于膝上。

"我用来买诗集了。"

"诗集……就是上回那个……"

"是《喂，大楠树》。早川佑纪奈小姐亲手制作的诗集。我用五万日元买了二百五十本，全都放在值班室门口，供人们自由取阅。"

"那诗集……"

"当时我给佑纪奈小姐看了这个。"玲斗拿起手机。

他把那封信交给佑纪奈时，提前拍好了照片。此刻，他调出手机上的照片，放在千舟面前。

千舟仔细看了一会儿，然后打开记事本，露出了若有所思的神情。接着，她点了好几下头。

"原来是这样啊，我明白了。如果先知道了这件事，我就不会问你怎么不对松子的受念内容感到好奇了。"她拿起了圆珠笔，"今后我可不能随便乱放东西了。"

"对不起。"玲斗缩着脖子说。

"这次我就原谅你了，再有下次，决不轻饶。"

"我知道了。对不起。"

千舟叹息一声，放下记事本和圆珠笔。

"我不会把你做的事情告诉松子。这样可以吧？"

"是。"玲斗回答。

翌日，玲斗正在楠树周围除草，突然听见一个声音。"辛苦啦。今天也很热呢。"他回头一看，原来是中里。此刻中里扯松了脖子上的领带，还把外套搭在肩上。

"原来你不仅要管理值班室，还要独自打扫神社院子啊，真是太辛苦了。"

玲斗站起身。"你还要调查什么吗？"

"案子暂时告一段落，我就是来散散心的。不知为什么，就是想过来看看。"

"事情解决了吗？"

"只是暂时告一段落，还没解决。"

"失窃的现金不是已经被寄回受害者家中了吗？"

中里撇了撇嘴，目光中却是笑意。

"要管住外部人士的嘴还真不容易啊，一有点什么事就走漏出去了。还是在网络上扩散，真受不了。"

"反正现在已经证明，打伤受害者又抢走现金的人不是久米田了吧。"

中里揉了揉鼻子。"嗯，算是吧。"

"那就是窃贼和强盗先后闯入了同一间屋子。看来那个叫森部的人，平时没怎么积德行善啊。"

中里并不回话，只看着虚空中的一点。不一会儿，他用力吐出一口气，开口道："不好意思，打扰你工作了。"说完，他便转身要走。

"你渴不渴？"玲斗对着中里的背影问道。见刑警停下脚步回头，他又说："我那儿有冰镇的乌龙茶。"

中里脸上闪过一瞬间的犹豫，随即点点头。"那我就跟你讨要一杯吧。"

回到值班室，玲斗把塑料瓶装的乌龙茶倒进玻璃杯，放在中里面前。

"你刚才说得都对。"中里喝了一口乌龙茶，说道，"森部那个人平时还真没怎么积德。他做生意出格又不讲理，在外面树敌众多。只要有机会，还真可能会有人伺机报复。"

"那天正好就有两个人实践了心中所想，对吧。也不知道当时究竟发生了什么。"玲斗歪着头说道。

"根据久米田的供述，再加上一些合理的想象，当时的情况应该是这样的——"中里竖起食指说，"首先，久米田从二楼窗户潜入，走进一楼收藏室寻找豹子头罩。与此同时，森部把车开进车库，从车库小门进入家中。久米田听见有人回来的动静，透过门缝发现是森部，就拿着头罩翻窗逃走了。接下来就是另一名凶手——这里姑且称其为X——登场。X与久米田相反，是从收藏室窗户翻进去的。我猜测，X可能看见久米田翻窗逃走了。这个X潜入的目的是行窃，然而此时森部正在客厅里找东西。于是X拿起手边的钝器，从背后悄然靠近。森部察觉到动静回头去看，发现X便欲逃走，但是X的动作比他更快。袭击森部之后，X在房间里搜罗了一番，找到现金后，就扔下晕倒的森部离开——"

中里抓着玻璃杯，一口气喝完里面的乌龙茶，然后看向玲斗。"你听了这些话，有什么感想？"

"真厉害。"玲斗立刻回答，"原来事情是这样的啊。太惊人了。"

"我不是说了吗？这里面掺杂了合理的想象。这不一定就是真相，只是假设当事人说的话完全真实，才拼凑出这么个故事来。"

"照你的说法，警方还不相信久米田的话吗？"

"不只是他一个人的话。"

玲斗略显惊讶地看向刑警。"那是什么意思？"

中里正要开口，不知为何改变了主意。

"我说得有点多了，还是就此打住吧。谢谢你的乌龙茶。"说完，他站起身就要离开。

"请等一等。按照现在的情况，久米田大约会判多久啊？"

中里耸耸肩，歪了歪头。

"我也拿不准。毕竟就算是一根针一根线，偷了也是盗窃。"

"一根针一根线？"

"上回你看见的豹子头罩，经过鉴定发现，那只是蹩脚的仿制品，顶多只值三千日元。森部花了五万买那个头罩，久米田还应该感谢他呢。"

"怎么会这样……"

"行了，再见。"中里抬抬手打招呼，走出了值班室。

玲斗目送刑警的背影远去后，回到了书桌旁。他打开笔记本电脑，又点开了桌面上的文件夹。

里面是一个音频文件。久米田松子受念那天晚上，千舟用录音圆珠笔录下了她和松子的对话，玲斗又将其复制到了电脑上。

玲斗双击文件。笔记本电脑内置的扩音器先放出了一段含蓄的笑声。

"哎呀，真要我说的话，我反倒不明白该从何说起了。"

是松子的声音。听着有点尖细。也许是刚经历过受念，情绪还不太稳定。

"不用讲究顺序，你爱怎么说就怎么说。康作先生的念确实让你接收到了，不是吗？"千舟语气平静地鼓励道。

"确实接收到了。吓我一跳呢。老实说，之前我还是半信半疑的。虽然听你说过了，但怎么都没想到竟是那个样子。我这脑子里啊，突然就钻进来好多东西。比如没有见过的风景，还有陌生的人脸。"

"那就是念。"

"没过一会儿，我就明白康作心里最惦记的是什么了。不是别的，就是他摸进森部先生家的事情。他正在翻找那个摔跤手的头罩，就听见有人回来了。于是他屏住呼吸，打算趁机逃走。没过一会儿，他听见了说话声。一边是男人的声音，他认出那是森部先生。另一边像是个年轻的女人。我家康作仔细听了一会儿，那女的问：'怎么不是到店里去？'森部先生说：'今天在这儿就好了。不是挺多情侣都在自己家约会吗？你既然收了钱，就是我的女朋友了。你说是不是？'女人反驳道：'我这只是打零工，如果你非要说是女朋友，那我把刚才那两万日元还给你。'"松子像是中了邪一样语速飞快，但是说到这里，突然就沉默了一会儿。

"我听说过。"千舟说，"有一种零工就是收别人的钱，跟自己不喜欢的人约会。我是不理解这样有什么意义。不过跟森部先生在一起的女性，应该就是干的这种零工。"

"康作好像也发现了。他有点好奇那女人是谁，后来又觉得还是应该先逃走，就翻窗出去了。之后，他就在稍远处盯着森部先生的家。应该在那里待了将近三十分钟吧。真是个蠢孩子。附近的监控摄像头肯定拍到他了。"

"康作先生看见那个女人了吗?"

"他看见那个人从车库出来了。康作特别惊讶,因为对方竟是个高中女生。而且他认识那个女孩子。同时,他想到了一本诗集。"

"哦?"千舟插嘴道,"我知道那本诗集。是《喂,大楠树》。在月乡神社那边寄卖过一段时间。"

"我也知道。康作想偷偷拿一本诗集,结果被抓住了,那时制作诗集的女生碰巧过来,就原谅他了。"

"我听玲斗提起过这件事。原来……是制作诗集的女生啊……"

"第二天白天,康作看新闻才知道,森部先生遭遇袭击,家里的钱还被抢走了。他意识到应该是那个女生干的。于是他在楠树里过了一夜,考虑该怎么办。那孩子虽然蠢,但也很努力地思考了。最后他得出了结论,就是去找警察自首,但坚决不提那女孩子的事情。他觉得,一个这么好的孩子出来做这种事,肯定是因为走投无路了。她打伤森部先生,说不定是自己险些被欺负,拼命反抗之下失手打伤了对方。虽然警方肯定会怀疑他,但也没办法。就算他被当成真凶,真的被关进监狱了,只要能帮到那个女生也是好的。他觉得自己一直都没什么出息,今后可能再也碰不上帮助别人的机会了。所以我那蠢儿子啊,就下定了决心——

无论自己怎么样，都要帮帮那姑娘。"

接着，是一阵长叹声。

"一不小心就说多了。总之事件的真相就是这样的。真不好意思啊，我有点絮叨了。到头来，都是我那蠢儿子一时兴起，才让事情变得这么复杂。"

"我明白了。事情原来是这样的。看来康作先生也不是一无是处啊。"

"这还不是他先去别人家当小偷才闹出来的，一点都不值得夸奖。"

"如果小姑娘能知道康作先生的心意就好了。"

"不好说啊。我觉得康作也不指望她知道。"

"那你打算怎么办？要告诉岩本律师吗？"

"这话说出来，他能信吗？"

"也许很难，不过我会帮你解释大楠树的力量。"

"这样啊……"

又一阵短暂的沉默过后，松子做出了决定。

"还是算了吧。这对康作来说，也许是个好机会。你也知道，他这辈子都没什么出息，我想看看他究竟有没有那个魄力牺牲自己，能不能贯彻自己的决心。"

"不过照这样下去，他可能会以抢劫致伤罪被起诉吧。"

"到时候再说吧。我已经做好心理准备了。"

玲斗停止了音频播放。

他心想，自己这辈子可能都忘不了第一次听见这段对话时的震惊。他不敢相信，佑纪奈竟然会做那种事。或者说，他不愿意相信。

然而回想起她弟弟说的话，玲斗又发现有很多疑点。他并不认为那本诗集能有多好卖。也许佑纪奈从森部那里拿到钱后，谎称是卖诗集的钱，拿回去养活一家人了。既然是以卖出诗集为借口，那么诗集的数量就该减少。她可能是把那些诗集都藏起来了。玲斗先前买下的，就是那些存货。

他不知道久米田的选择是否正确。从道德层面来说，应该是错的。但他同样不认为只需要揭穿真相就好。不管怎么说，他都想让佑纪奈知道久米田的心意。所以，他替久米田写了一封信。没错，那封信是假的，并非久米田所写。

现在看来，佑纪奈已经接收到了他的心意。证据就是，她把现金寄回了森部家。

森部所谓遭到蒙面男子袭击的说辞是假的，想来他也不希望真相曝光。当然，那都是为了他自己。

如果一切顺利，那就万事大吉了——

只不过，中里那番话让玲斗很是忧心。他不得不防着那个刑警。只是，他又能做什么呢？

总之，这份证据是必须销毁的。想到这里，玲斗把音频文件移到了回收站。

·10

致明日的我：

今天是个很普通的日子。上午看了《星球大战：抵抗组织》，没什么意思，第二集就弃了。我同意自己昨天以前的评价，并非错觉。

下午一点去了医院。

圆脸的男人（肖像A）是我的主治医生井上。戴眼镜的年轻男人（肖像B）应该是实习医生。我没有问他的名字。年轻人一直在记笔记，也不知写了些什么。井上医生让我下个月再来复诊。他的语气很温柔，但我觉得没什么感情。唉，那也没办法。

从医院回来的路上，我买了新的素描本和彩铅。素描本放在书架最下层的右边，彩铅在第二个抽屉里。旧彩铅没有动。

桌上摆着画了一半的作品，是我在医院想到的原创人物。创意是从昆虫进化而来的生物。

我因为战斗服的设计纠结了很久，然后就困了，决定放弃。

如果你想接着画，就请便吧。人物的名字我还没决定。

因为嫌麻烦，我没刷牙就睡下了。如果你早上起来觉得嘴巴难受，那就对不起了。

· 11

上小学时，玲斗很沉迷玩滑板。因为住在隔壁的高中生大哥哥买了个新滑板，就把旧的送给他了。

他在储物柜里翻到了那个滑板，顿时回忆起过去，刚要拿出去滑两下，却听见背后传来了母亲的声音："玲斗，作业做完了吗？"

唉，被发现了。

"待会儿再做！"他答应着，跑了出去。

前面就是月乡神社的院子。玲斗想加速滑过去，但是没保持住平衡，摔了个大跟头——怪了，以前不会这样啊。我的技术应该更好才对。他又试了一次，还是摔了跟头，这次狠狠砸到了背。

"玲斗！"又是一声大喊。好烦啊，不是说了待会儿再写作业吗？

那个喊声一直没有停。"玲斗""玲斗"地反复着。

玲斗的意识稍微清醒了一些，发现这里不是神社院子，而是被窝里。紧接着他意识到，背上的冲击是被什么东西拍打造成的。

他睁开眼抬起头，发现千舟坐在旁边，手上还抓着一把拍被子用的藤拍。

"啊……早上好。"

"早上好什么好啊，现在都几点了？"

"几点……"玲斗看了一眼枕边的闹钟，"不是刚过九点吗？今天是星期日啊。"

没有预约祈祷的星期日，他都会在家休息，不去值班室上班。

"这是九月第几个星期日？"千舟问。

"第几个……啊！"玲斗慌忙掀开棉被坐了起来。

"既然想起来了，就赶紧做准备。早餐已经做好了。"

"遵命遵命。"

"回答只需要一次！"

"知道啦——"

玲斗与千舟进行着一成不变的对话，同时爬出了被窝。

大约一个小时后，玲斗与千舟已经上了电车。他们要去的是隔壁町的公民馆。最近，他们每个月第二个星期日都会去那里。

在一个小车站下车后，二人徒步走向公民馆。

公民馆表面贴着仿红砖墙面，还算比较新。门口立着一块招牌，上面写着：本日是开心咖啡日。

他们穿过大堂，走进里面的小活动厅。室内设了一处前台，千舟走上去向女负责人支付了活动费。每人五百日元，两个人就是一千。

小厅里摆着许多桌椅，方便人们交谈。放眼望去，已经有好几个座位上坐了人。其中还有玲斗熟悉的面孔。大部分都是高龄人士。

"千舟女士，这边这边。"一个身材矮小的圆脸老太太朝他们招了招手。她姓米村，是个话痨。旁边陪着她的四十岁上下的女人好像是她女儿。

千舟走向米村婆婆那张桌子，玲斗也跟在后面。

"好久不见了，身体好吗？"米村婆婆问道，"哎哟，你这身打扮真不错啊。这是在哪儿买的？"她也不等第一个问题的答案，就问出了下一个问题。这是她的坏习惯。

"这是旧衣服了。"千舟笑着说。

一个年轻女性走过来，询问他们需要什么饮料。千舟点了咖啡，玲斗也要了一样的。

"这位是千舟女士的孙子？"米村婆婆看着玲斗问道。

"不，是我外甥。"千舟回答，"妹妹的儿子。"

"哎哟，是嘛。你好啊，我叫米村。"她跟玲斗打了声招呼，微微一笑，"之前可能也跟你打过招呼，如果真的有，那你可别怪我哟。"

"嗯，没关系。"玲斗笑着回答。米村婆婆的女儿坐在旁边，一脸赧然。

米村婆婆没有猜错，今天已经是她第三次打招呼了。上次和上上次，她都问玲斗是不是千舟的孙子，然后每次都重复同样的对话。但是没有人会故意指出这个问题，也没有人在意。毕竟这里就是包容这类行为的场所。

是千舟自己发现了认知障碍咖啡馆这种地方。症状较轻的阿尔茨海默病患者和千舟这样的轻度认知功能损害患者能够在这里互相倾诉烦恼，还能交换信息。最开始千舟是一个人去的，后来又叫上了玲斗，说是要传播这种知识。

玲斗第一次参加时，很是忐忑不安。因为他把认知障碍咖啡馆想象成了一个气氛阴沉的地方，以为根本不可能有什么活泼欢快的交谈。

真正去了他才知道，参加活动的人个个开朗健谈，而且乐观向上。对玲斗这个新面孔，他们也十分热情。话虽如此，现场也并非完全没有认知障碍的气息。比如有的对话完全搭不上边，有的人会把一句话重复很多次。尽管如此，这种接触到社会的意识还是让容易自闭的患者重新焕发了生机。跟有同样遭遇的人交谈，让他们得以从孤独感中解放出来，明显变得更有活力了。

但是后来听千舟说，并非所有的认知障碍咖啡馆都运营得这么好。多数时候，聊得火热的都不是患者本人，而是陪护的护工或家人。不用说，他们交谈的话题都是照顾认知障碍患者有多么辛苦，丝毫不会顾及坐在旁边的患者本人的心情。

千舟把那种变了性质的活动场所称为不管病人的咖啡馆。参加那样的活动不可能会开心。千舟还说，她参加了好多个地方的认知障碍咖啡馆活动，最后才选中了这个最让她开心、对她最有益的地方。

　　"我觉得这对你也有好处。"当时千舟对玲斗说，"你参加了活动，就能从其他患者身上预见到我将来的病情发展，可以提前做好准备。当然，我希望那个日子来得越晚越好，最好永远别来。"

　　听了这番话，玲斗感到胸口一阵刺痛。原来她到处打探认知障碍咖啡馆的活动，并不只是为了自己的娱乐啊。究竟要何等强大的精神力，才能促使她做出这般冷静的判断？他不禁想，自己可能一辈子都比不上这位姨妈。

　　米村婆婆拿出三本绘本放在桌上，对千舟热情地说了一通话。原来她最近为了减缓认知功能损害的病情发展，同时也为了做志愿者活动，在福利院给小孩子念绘本。她还邀请了千舟，说跟小孩子待在一起可以激发大脑活性。千舟说自己的声音不好听，又不擅长应付小孩子，就拒绝了。玲斗坐在一旁边听边想，为什么不去试试呢？他并不讨厌千舟那略带沙哑的声线。

　　他看看周围，其他参加活动的人都找到了同伴，正高兴地聊着天。有的座位上甚至聚集了好几组参加者。

　　稍远处有两张玲斗不熟悉的面孔。那是一个看起来四十岁上下的女人，带着一个像是初中生的少年，怎么看都与这个场合格格不入。那二人附近没有老人，不像是陪人来的。

在咖啡馆当志愿者的在职护士上野正与二人交谈。中年女性一脸严肃地说着话，她旁边的少年则百无聊赖地看着手机。少年的皮肤很白，脖颈纤细。

这时，上野护士突然抬起头看了看四周，正好对上玲斗的目光。她像是想起了什么，离开座位走了过来。

"玲斗先生，你现在方便吗？"

"您有什么事？"

"我有个人想介绍给你。她是第一次来参加活动的，家里情况比较复杂，所以我希望你来帮帮忙。"

"啊……如果我可以的话。"玲斗端着饮料站了起来。

上野护士领着他走到中年女性与少年所在的座位，叫了一声"针生女士"。女人抬起头，少年却始终盯着手机。他戴着耳机，应该在看视频。

"这位是直井玲斗先生，陪他姨妈过来的。我猜年轻男性跟您儿子应该聊得来。"

"这样啊，谢谢你了。鄙姓针生，请多指教。"女人站起来鞠了一躬。看来她是少年的母亲。

"鄙姓直井，也请您多关照。"玲斗回礼道。

"元哉，"女人唤了一声，"你也来打声招呼。"

少年不高兴地抬起头，看也不看玲斗，飞快地点了点头。

"站起来好好说！"母亲责备道。

"烦死了。"少年拧着眉说,"我不需要。反正我不想跟任何人说话。"

"你这孩子怎么这样说话。来都来了。"

"那是你自己要来的,我才不想来。搞什么嘛,全都是老人家。"

"上野护士不是请了直井先生过来吗?"

"我才不需要。"少年滑着手机站起来,快步朝门口走去。

"哎,元哉,等等!"

然而少年并不理睬母亲的呼唤,很快就走出了会场。

"真不好意思。"女人抱歉地看向玲斗,"麻烦你专门跑一趟,真是……"

"没什么,我不介意。"

"您还是先去追令郎吧。"上野护士说。

"……也对。真是太不好意思了。"女人抓起包和外套,脚步匆匆地追了出去。

目送她的背影离开后,上野护士开口道:"对不起啊,让你白跑一趟,还受气了。"

"我也没觉得受气,就是有点蒙。"

"我能理解。"

上野护士又看了一眼门口,确定女人已经离开了,这才压低声音说:"他们好像来错地方了。"

"来错地方了?"

"刚才那个男孩子,得了脑肿瘤。"

"啊……"

"大约半年前做了摘除手术，但是没有完全摘除，所以一直在接受治疗。"

"他还这么小，有点可怜啊。"

"接下来才是重点呢。手术后，那孩子出现了记忆障碍。不是健忘，而是短期内的记忆消失得无影无踪。这种症状越来越严重，现在已经发展到了今天记不起昨天的程度了。不过手术前的事情，倒是记得很清楚。"

原来是这样啊。玲斗了然地点点头。

"记得以前的事情，但是容易丧失短期记忆，这也是阿尔茨海默病的典型症状。我姨妈跟他一样，所以会把重要的事情和待办事项都写在记事本上。"

上野护士无力地笑着，摇了摇头。

"那孩子的症状不是容易丧失，而是一定会丧失。到了明天，他就会彻底忘记今天在这里见过我们这些人。按照他母亲的说法，就是睡着后会恢复出厂设置。"

"睡着后？"

"只要睡着了，此前的记忆就会全部消失。比如见过什么人、去过什么地方，这些都只会留下非常模糊的印象，忘记了那个人究竟是谁，那是个什么地方，在那里发生过什么事。要是不想忘记，就只能不睡觉。但是人怎么可能永远不睡觉呢。"

玲斗忍不住眨了眨眼睛。"怎么会有这种症状……"

"那孩子刚才不是在看视频嘛。"

"是的。"

"那动画片他已经看过好多次了，但是第二天早上就会全部忘掉，又从开头看起。"

玲斗不知该做何感想，只能沉默不语。如果置身于那种情况，自己会是什么心情？他完全无法想象。

"我在工作中也接触过不少脑肿瘤患者，但从来没听说过这么极端的记忆障碍。听说那孩子上初二了，但是请了病假长期不上学。他本人说，再怎么努力学习，到了第二天就会全部忘掉，那样没有意义。不过啊，他说的确实有道理。"

"那他们为什么会来这里？"

上野听了玲斗的问题，无力地叹了口气。

"因为记忆障碍，那孩子一直把自己关在屋里，完全不跟人接触。他母亲觉得这样不行，就查了很多资料，觉得可以让他跟症状相同的人聊聊天排解排解，就来参加这个活动了。这个咖啡馆在网上被宣传成了脑部障碍者交流信息的场所，而不是认知障碍咖啡馆。"

"原来如此。难怪您会说他们来错地方了。"

"其实并没有错，我们也希望那样的年轻人能多来参加，但是考虑到病人自己的心情，却也不能强迫。"上野护士耸了耸肩。

"那他们以后不来了吗？"

"也许吧。"

"刚才您称呼他们针生，我听着挺少见的，是哪两个字啊？"

"是针线的针，生活的生。"上野护士说着，用手指在空气中比画起来。

母亲名叫冴子，儿子名叫元哉。玲斗记下了这两个名字，但转念又想，以后恐怕不会再见到他们了。

· 12

致明日的我：

今天妈妈带我去了公民馆。听说有很多患了大脑疾病的人会聚集在那里聊天。

我不太想去，但是想到那里可能有跟我一样的孩子，就去了。

但是那里跟我想象中完全不一样。里面全是得了认知障碍的爷爷奶奶，坐在一起喝茶聊天。

那种地方，以后还是别去的好。反正去了也只会后悔。就算妈妈叫我去，我也不能再答应了。

除此之外，这一天没什么大事。《星球大战：异等小队》看到了第二季第三集。根据昨天的日记，从第六话开始会很好看，但我实在太困了。相比起来，我还是更好奇《星球大战：抵抗组织》。以前的我觉得不好看，不过，这是真的吗？可惜今天已经没时间了。今日的我到此为止。明天就交给明日的我吧。晚安。

· 13

　　玲斗的预料出错了。他之前还以为再也不会见到针生母子，但是在"快乐咖啡馆之日"的十天后，他再次碰到了针生元哉。地点是三鹰市的大学医院。那天他陪千舟去做定期检查，在脑神经外科的等待室坐了一会儿，才发现元哉独自坐在角落里。他又看了看周围，并未发现元哉母亲的身影。

　　这次元哉没有看手机，而是在腿上摊开了一册素描本，右手拿着铅笔，不知在描画着什么。

　　千舟正在接受主治医生的检查。玲斗站起身，走向元哉。尚未打招呼时，他瞥了一眼素描本，不由得心中一惊。上面画的竟是一个佩戴奇怪头罩、身上缠着破布的人物。种种细节无比精致，质感逼真而立体，让人难以想象这竟是铅笔绘画。

　　也许是察觉到人影，元哉抬起头，看着玲斗，疑惑地皱着眉。

　　"你好啊。"玲斗笑着说。

　　元哉面色一僵，合上素描本，抱着旁边的背包站了起来。紧接着，他转身背对玲斗，逃也似的走掉了。

玲斗意识到自己犯了错误。他连忙追上去，说了声对不起。

"你肯定不记得我了吧。"

少年停下脚步，战战兢兢地回过头。

"我们十天前见过一面，在公民馆那边。你没听令堂说过吗？"

元哉不高兴地蹙着眉，摇了摇头。玲斗意识到刚才那个问题算是问错了。如果上野护士说得没错，就算母亲跟他提起过，若不是在今天，他也不会记得。

他这才明白过来，少年的情况比他想象中还要严重，心中不禁愕然，甚至后悔自己叫住了他。

就在这时，背后传来了女性的声音："怎么了？"玲斗转身看去，发现针生冴子正朝这边走来。她看见玲斗，轻呼一声，停下了脚步。

"您好。"玲斗首先打了招呼，"我们前些天见过的。"

"你是……直井先生，对吗？"

"对，我叫直井玲斗。"

"那天真是太不好意思了。"冴子低下头说。

"您别这么说了。上野护士后来跟我解释了情况，也难怪元哉君会不喜欢那里。而且我刚才突然上去搭话，好像吓着他了……"

"这样啊。"冴子走向低头不语的儿子："这位是直井先生，以前跟元哉聊过天的。你应该记得他的长相吧？去打声招呼吧。"

只见元哉缓缓抬起头，说了声"你好"。跟上次相比，他这回乖巧多了。甚至应该说，显得有些懦弱。

"你就是针生元哉君吧。请多指教。"

元哉的表情还是很僵硬。玲斗暗自着急，想赶紧找点话题。此时他想到的，便是刚才那幅素描。

"你刚才画的是沙人吧？"

玲斗话音刚落，元哉便有了反应。他稍微瞪大了眼睛。

玲斗指着少年手中的素描本。"那是《星球大战》里面的沙人，对吧？"

元哉脸颊的肉动了动，张开唇，用沙哑的声音说："塔斯……塔斯肯袭击者。"

"对啊，这才是他们的正式名称。"玲斗挤出笑容说，"沙人的正式名称是塔斯肯袭击者。他们是居住在塔图因的野蛮种族。"

"才不野蛮。"元哉断然否定，眼中泛着抗拒的光芒，"他们帮了波巴·费特。"

没想到他竟然上钩了。玲斗断然不会错过这个机会。

"但是他们掳走了阿纳金的母亲，对她严刑拷打，害死了她。"

"那是帕尔帕廷的阴谋。塔斯肯根本没有理由拷打施密。"元哉来劲了，气呼呼地反驳道。

"你好了解啊。"玲斗由衷地感叹道，"你喜欢《星球大战》？"

元哉点点头。"我从小就被拽着看了很多遍。"

"哦？被谁？"

元哉抿着嘴，垂下了眼睑。

"是他父亲。"冴子说，"他父亲是《星球大战》的狂热粉丝，收藏了所有光盘，以前还经常看电视上的相关节目。"

玲斗注意到了"以前"这个词。

"元哉的父亲现在……"

"在别的地方生活。"冴子笑了笑，"我们两年前离婚了。"

"哦，原来是这样啊。"

他好不容易快要跟元哉聊起来了，话题竟偏向了不好的方向，心里不由得焦急起来。就在他想要挽回时，元哉翻开了素描本。

"你知道这是什么吗？"

画纸上是一个面部和身体细长的机器人。在《星球大战》中，机器人被称作"Droid"。

"我见过，是在《曼达洛人》里登场的赏金猎人机器人。好像叫 IG-11 吧。"

听了玲斗的回答，元哉得意地发出了嘘声。

"不对，这是 IG-88，在《星球大战：帝国反击战》中随波巴·费特一起登场。"

"那里面有这东西？"

"只是一闪而过。IG-11 是手臂经过改良，更方便使用武器的版本。"元哉展示着自己的作品，开始详细说明。他的表情看起来生动极了。

"这样啊，我还是头一回知道。"

"不知道才是正常的。不过——"元哉看了一眼玲斗，略显犹豫地开口道，“直井先生也懂得不少呢。”

“因为我母亲喜欢看这个系列。她朋友送了她一套光盘，看着看着就迷上了。受到她的影响，我也看了不少。但我觉得第七部以后都不算佳作。”

元哉哈哈笑了起来。那不是假笑，而是真心的笑容。

“那周边节目你都看过吗？”元哉问，“动画片《星球大战：克隆人战争》，还有《星球大战：义军崛起》。”

“那些就没看过了，因为我不爱看动画片。”

“那可不行。”元哉噘起嘴说，“《星球大战：克隆人战争》和《星球大战：义军崛起》包含了《星球大战》中的很多重要未知要素。比如原力是什么。不看那些就不算真影迷。”

“真的吗？那是我错了。”

虽然玲斗并未说过自己是影迷，但还是道了歉。

元哉又翻开另一页，拿给玲斗看。“你知道这是什么吗？”

上面画着一个陌生的人物。头部像昆虫，战斗服包裹着的身体却接近人类。玲斗摇摇头。“不知道，没见过这样的人物。”

元哉得意地笑了笑。

“那当然了，因为这是我自己设计的。”

“是吗？画得真好。”

“我总是想，要是能早生十年，我就去美国，加入《星球大战》的制作。”

“那很好啊，你也可以现在开始努力嘛。”

元哉的表情一下就黯淡了。他轻轻摇头，说："不必了。"

"你不用说那些，我不想听。"

玲斗这才察觉到自己又说错话了。随口说出的庸俗安慰只会伤害少年的心。

元哉已经把素描本收进了背包。

就在现场气氛越来越尴尬时，玲斗突然听见有人在后面叫他。是千舟。得救了。

"这是你朋友？"千舟问。

"这就是之前跟您说起的，在快乐咖啡馆碰到的针生母子。"

千舟眼神飘忽了一会儿，摇摇头。"不好意思，我不记得了。"

"是吗？那也没办法。"

"妈。"元哉说，"我们走吧。"

"好吧——直井先生，我能跟你要个联系方式吗？"

"可以啊。"玲斗从钱包里抽出名片，递了过去。

"月乡神社……就是有棵大楠树的地方吧。"冴子看着名片说。

"您知道？"

"很久以前去过一次。你在那里上班吗？"

"是的。我每天都在，欢迎你们随时过来。"

"真的吗？那我们有机会一定去。"

"妈。"元哉催促道。

"来啦——那直井先生，今后请多关照了。"

"哪里哪里。"玲斗应了一声，然后看向元哉，"谢谢你，刚才我聊得很开心。"

少年点点头，眼中似乎恢复了些许神采。

再看旁边，千舟已经翻开了记事本。

"刚才那孩子就是睡着后会丢失记忆的少年吧。"

看来千舟把这些事都记下来了。于是玲斗回答："就是他。"

"那孩子还挺小啊，真可怜。不过，孩子的母亲应该更痛苦吧。要让那孩子保持活下去的动力，可不是件轻松的事情。"

听了千舟的话，玲斗心中一惊。因为他知道，千舟自己也在每天逼迫自己挤出活下去的动力。

他决定换个话题。"对了，检查结果怎么样？"

千舟点点头。

"一般般吧。没有上回那么好，但也没有太坏。医生让我继续服用现在的药。"她从包里拿出了录音笔，"要是你不信，可以自己听。"

"别的还说了什么吗？"

"叫我增加跟社会的接触。不过我平时就跟楠树祈祷者谈话，还去参加认知障碍咖啡馆活动，还要怎么增加接触呢？"

"不如试试读绘本吧，米村婆婆不是邀请过你嘛。"

"在一群孩子面前朗读？那不适合我。"千舟皱起眉，握着录音笔迈开了步子。

· 14

致明日的我：

　　今天我在医院候诊室画塔斯肯，突然有个陌生男人跟我说话。他说之前我们在公民馆见过，但我一点印象都没有。

　　翻到十天前的日记，上面还真写了公民馆的事情。那天的我觉得公民馆很无聊，以后不想再去了。但是，上面并没有写到那个男人。

　　那个人叫直井，还挺了解《星球大战》的。他虽然没认出IG-88，但是知道IG-11。他还知道塔斯肯袭击者掳走阿纳金的母亲，害死了她。只可惜他没看过动画系列，应该没听过阿索卡和埃兹拉·布里杰。

　　我好久没有跟人聊《星球大战》了，今天还挺开心的。就算在得病前，我也完全没跟朋友聊过这个。他们都不怎么了解《星球大战》。

　　直井先生说电影第七部以后都不是佳作。我猜，他应该是很喜欢《星球大战》的。而且，他一定是个好人。明天的我若是去找他，绝对不会后悔吧。

· 15

在医院重逢的三天后，适逢星期六，针生冴子打电话来了。她问玲斗同不同意儿子去月乡神社坐坐。玲斗当然答应了。

"元哉君应该不记得我了吧。"

"他说不记得了，但是想见见那个叫直井先生的人。"

"您跟他提起过我吗？"

"我什么都没说。他是看了自己的日记，才想见你的。"

"原来他写在日记里了啊。"

"在出现记忆障碍后，他就有了记录一天事情的习惯。那天他在医院碰到直井先生，还聊了《星球大战》的话题，应该会写在日记里。后来也许是在回顾时，又想跟你见一面吧。"

"原来是这样啊。"

"所以能让他去叨扰片刻吗？要是你很忙，空出三十分钟也可以的。"

"我知道了。别说三十分钟，一两个小时也没问题。您不过来吗？"

"对，他说要自己去，嫌我在旁边惹人烦呢。"

初二学生大概是会这么想吧。于是玲斗表示静候客人上门，然后结束了通话。

大约一个小时后，玲斗正在拔草时，元哉来了。他看见玲斗，拿起手机对比了几眼，接着走了过去。

"您是……直井先生，对吗？"他小心翼翼地问道。

"我是。"玲斗点点头，"你在手机上看什么呢？"

元哉意味深长地笑了笑，然后摇头。"保密。"

"为什么？让我看看啊。"

"不要，这是肖像画。"

那意料之外的答案让玲斗瞪大了眼睛。"我的吗？"

"没错。"

"那我就更想看了。"

"不要，我害羞。"

"怕什么，就让我看一眼。"

元哉为难地耸着眉毛，但没有不悦的神色。最后他不再坚持，把手机屏幕转向了玲斗。

看见那上面的画，玲斗不禁苦笑。尖细的下巴，眼角下垂的眼睛，朝天的鼻子，还真是自己的脸。他不禁佩服起元哉，竟能用寥寥几笔线条勾勒出这么多特征。画的下方还写着"直井玲斗先生"几个字。

"还挺像的。你这是什么时候画的？"

"之前见面那天晚上。我每次碰到可能会再相见的人，都会画一幅肖像画。"

"哦？你仅凭记忆就能画得这么像，好厉害啊。"

"我有图像记忆能力。比如人名，如果只听声音我很快就会忘记，以文字的方式记下来就不会忘了。所以我也能清楚记住一个人的长相。比如今天的事情，也会以图像的方式残留在记忆中。"元哉略显得意地说完，又正色道，"但是只能维持到入睡前。睡着醒来后，记忆就会所剩无几。我见过的人都会在脑中留下面容之类的印象，但不会记得那是什么人，与我发生什么交谈。所以我会把人脸画下来，然后写上名字。再跟日记一对照，我就知道记忆中的人脸是谁了。"

"原来如此。那也很了不起了。"话一出口，玲斗突然又有点慌，觉得自己再次口无遮拦了。

但元哉并没有流露出不悦的神情，而是说了声谢谢。玲斗听了，这才放下心来。

"进去说吧。想喝点什么？我这儿有可乐和乌龙茶。"

"那就可乐。"

"好嘞。"

走进值班室，玲斗从冰箱里拿了瓶装可乐。

"日记上写的，直井先生觉得第七部以后都不是佳作。那你最喜欢第一部到第六部的哪一部呢？"元哉迫不及待地展开了《星球大战》的话题。

"我觉得第五部最好。"

"《帝国反击战》啊，我觉得很一般。我最喜欢的是第三部《西斯的复仇》。欧比旺和阿纳金的决斗是"星球大战"系列中最精彩的片段了。"也许是聊到了最喜欢的电影，元哉的语气一下就随意了很多。

"那个片段确实很精彩。"

"你最喜欢哪个角色？"

"我想想啊……汉·索罗吧。"

"啊，那个也很一般。"元哉夸张地向后仰，"我最喜欢阿索卡·塔诺。"

"嗯……"玲斗叹了口气，"我不是很熟悉那个角色。"

"那是因为你没有看《星球大战：克隆人战争》。"元哉断言道，"看一遍就知道了，你一定会喜欢的。"

"前些天你也是这么说的。我记得那是系列动画片吧。下次见面前，我会看看的。"

"那最好了。不过要看完恐怕很难，毕竟有一百三十多集。"

"一百三十多？不会吧？"

"它的续集《星球大战：义军崛起》也有七十多集呢。够你看好久了。"

"加起来二百多集，确实够我看一段时间了。"

"其实星战的动画片还有一部，叫作《星球大战：抵抗组织》，时间设定在第七部的六个月前，登场人物也是相同的。"

"第七部的衍生剧？那没什么可看的吧。"玲斗撇撇嘴说。

"没错。"元哉也撇了撇嘴，"一点都不好看，到第二集就看不下去了。我的日记上写的是，以前我试着看了好几遍，都没能看完。我觉得不应该，今天早上还看了一点，依旧觉得很无聊。这也太可惜了。要是好看，我今后就能永远看下去了。毕竟到了第二天就会完全忘记情节。"

玲斗心情复杂地听着元哉的自嘲。然而，他只能默默赔笑。

他们又聊了一会儿《星球大战》，很多内容都太过深奥，玲斗有些跟不上，不过元哉讲得还算开心。

喝完第一杯可乐时，玲斗拿出了珍藏的水果果冻。

吃完果冻，元哉表示很满意。

"这可不是西点铺子的果冻，而是和果子店'匠屋本铺'的商品。我有个朋友在那里工作，之前带了一些送给我。要是换作平时，我早就吃掉了。还好这次没有马上解决。"

"哦？和果子店啊……那里有大福卖吗？"

"大福？应该有吧。你喜欢吃大福？"

"也不能说是喜欢，只是有一种大福，我一直想再尝尝。以前我家附近的和果子店就有大福卖，我经常去那里吃。听说那不是批发来的大福，而是店里自己做的。那种大福有点怪，里面加了梅子。别的店也有类似的商品，我专门去买过，但是味道完全不一样。我也说不好究竟哪里不一样，反正就是不一样。在死之前，我真想再尝尝那种大福。"

"在死之前？好夸张啊。既然这么喜欢，那就去买呗。不是在你家附近吗？"

"是我以前住的家附近，离现在的家很远。有一次我专门坐电车过去，却发现那家店已经倒闭了。经营店铺的夫妻年纪本来就很大，现在说不定已经去世了。"

"原来是这样啊……和果子店叫什么名字？"

"我记不清了，因为从来没注意过。"

毕竟是家附近的店，也许大家都这样。

"你还记得以前那个家的地址吗？"

"这个我记得。"元哉流畅地背了一个地址出来。在东京都江东区，"你问地址做什么？"

"我刚才不是说有个朋友在和果子店工作嘛，想请他打听打听。说不定有分店呢。"

"有就好了。"说完，元哉"啊"了一声，"这件事你可别告诉我妈妈。"

"为什么？"

"我以前那个家其实是父母离婚前住的地方。所以怎么说呢，有点尴尬吧。"

"哦，我知道了……那好吧。"

元哉吃了一口果冻，面露疑惑。

"男人为什么会出轨啊？"

玲斗刚喝下一口可乐，险些被呛到。"怎么突然说这个？"

"好不容易结了婚生了孩子，他们为什么要破坏自己的家庭呢？我真的无法理解。"

"你在说你父亲吗？"

元哉点点头。玲斗见状，叹了口气。

"你平时跟你父亲见面吗？"

"一个月一次……吧。"

"吧？"

"手术后我就不记得见面的事情了。"

"你没写进日记里？"

"没写。所以我猜，过程应该不太开心吧。"

他似乎想说，如果父子相见愉快，自己肯定会写下来。

"对不起。"元哉说，"这种话题很无聊吧，我们别说了。"

"果冻，你多吃点。"

"谢谢。"元哉又拿起一颗果冻，同时问道，"那是什么？"

玲斗顺着他的视线看过去，原来是《喂，大楠树》的小册子。那里堆了好几十本。

"哦，你说这个啊。"玲斗拿起一本，放到元哉面前，"是诗集。住在附近的女高中生写的。她本来想卖一本二百日元，肯定是卖不出去啊。所以我全都买了下来，免费送给人们阅读。"

"哦？"元哉凝视着诗集的封面。上面是一棵大楠树的插画，还印着早川佑纪奈的作者名。

"她跟你不一样，不太会画画。你可别见怪。"

"我不觉得啊。"元哉慢慢翻开书页。玲斗从他眼球的移动中就能看出他在阅读里面的文字。再从表情判断，他似乎并不觉得无趣。

读完最后一页，元哉抱起胳膊不说话了，像是在思考。

"怎么了？这诗集很无聊吗？"

"不会。"元哉摆摆手，"我觉得这些诗很好，让我脑中浮现出了许多画面。我只是在想，如果把那些画面描绘出来会如何。"

"描绘出来？"

"比如这样。"说着，元哉从书包里拿出素描本，在桌子上摊开，又拿起铅笔在上面划拉起来。过了一会儿，他放下铅笔，把素描本转向玲斗。

上面画着一大一小两个人影。大的人影是长发的女性，穿着宽松的衣服，双臂张开。她前方有个瘦小的少年，正抬头看着那女性。

"这个女人莫不是楠树？"

"Bingo（对）！"元哉高兴地说，"你怎么知道的？"

"没什么，就是凭感觉。"

"我刚才读到《喂，大楠树》这首诗，脑子里突然就有了画面。我想，这棵大楠树一定是女神，守护了人间几百年。"

"女神啊……"

玲斗回想起月乡神社的楠树。他以前从未有过跟元哉一样的想法，不过现在这么一说，他也有点感觉了。原来，那棵树是女神啊……

"这幅画能送给我吗？"玲斗问。

"可以啊。你要拿来干什么？"

"诗集的作者有时会来这里，我想给她看看。"

"那你稍等一会儿，我再做做细化，另外还想上色。"说着，元哉从背包里拿出了彩铅盒子。

"你平时都把这些带在身上吗？"

"对啊，因为我想及时记录自己的灵感。"元哉说话时，手上的动作并没有停。看来他是真的很喜欢绘画。

不多时，画就画好了。玲斗不禁瞪大了眼睛。女神的衣袍为深绿色，上面有许多繁复的皱褶。女神脸上的微笑散发着慈悲的光彩。

"真了不起啊。"

元哉从口袋里掏出手机，拍了一张画的照片。然后，他小心地撕下画纸，递给了玲斗。

"其实我想多花点时间让画更完美。"

"这样已经足够了。"玲斗接过画，"诗集的作者应该会很高兴。"

"要是她不喜欢，就扔了吧。"

"不会的。这本诗集，你想要就拿回去吧。"

"好的，谢谢。"元哉把素描本、彩铅和诗集都装进了书包，又拿起手机看了看，"都这么晚了。我会不会打扰你工作了？"

"没关系，你再坐会儿吧。"

"今天就到这里吧，我可不想让你见到我就想：这家伙来了会耽误我工作。"元哉背起背包，说道，"我下次可以再来吗？"

"怎么会不能呢。"

元哉露出略显迷茫的表情，开口道："星期三的日记上写，直井先生是个好人，跟他见面一定不会后悔。今晚我会这样写：他果然是个好人，下次还要去见他。"

"别给我增加压力啊。"

玲斗苦笑着回答。元哉则高兴地笑了。

玲斗站在值班室门前，目送元哉的身影穿过院子。

晚上吃晚饭时，针生冴子打来了电话。

"直井先生，今天辛苦你专门抽时间陪我儿子，真是太感谢了。元哉回来说，他今天可开心了。还说他从来没有跟别人这么痛快地聊过《星球大战》。"

"他高兴就好。我也很开心。"

"你能这样说，我也放心了。下次还能再麻烦你吗？"

"当然可以，不必客气。"

"谢谢你。"冴子再次道谢。

结束通话，玲斗正要继续吃饭，却发现千舟目不转睛地看着他。

"怎么了？"

"你竟然能接到别人的感谢电话，让我不禁感到时光荏苒啊。"

"我也不是一天到晚只知道干坏事的。"

"我知道，你只是也干过坏事而已。"

"真说不过你。"玲斗拿起筷子，又看了看千舟的脸。同时，他想到了元哉那幅画。

画上的楠树女神，怎么看着有点像千舟呢。

· 16

"那东西叫梅子大福。"

大场壮贵重新交叠双腿，举起啤酒杯。他早就脱掉了西装外套，也扯松了领带。

"你知道青梅甘露煮吧？梅子肉小火慢熬，加入白砂糖制成。把它填进大福，就成了梅子大福。这东西应该有好几个和果子店在卖，只是我们店里没卖的。"

"他说是店里自己做的。"

听了玲斗的话，壮贵不太感兴趣地开口道："梅子大福做起来不难，外行人也能做。只不过，做出来的味道就千差万别了。"

"你真的挺在行啊。"玲斗捧着柠檬沙瓦，注视着壮贵，"不愧是匠屋本铺少东家。"

壮贵一脸颓丧，做了个赶人的动作。

"别说了。这点小事就被人夸，简直是对我的侮辱。何况我还不是少东家呢，现在只是个一般员工。一边学习制作和果子，一边还要做见习营业和销售工作。"说完，他咬住烤鸡肉，从竹扦子上扯下来。

二人正坐在车站前商业街的居酒屋里。玲斗一直记着元哉说的大福，想找壮贵问问，就请他过来了。

他跟壮贵是通过楠树祈念认识的。那次之后，二人就会偶尔碰面，喝上一杯。上回壮贵一个人跑到了神社，还给他带了水果果冻。

"你对那样的和果子店有印象吗？"

壮贵闻言哼了一声。

"你知道日本有多少和果子店吗？何况那还是家小店呢。你上网查过没有？"

"我输入了地址和和果子店这个关键词，没找到。"

"地址说来听听。"壮贵从外套口袋里掏出了手机，"别查和果子店，用梅子大福查查看。"

玲斗报完地址，壮贵飞快地点起了手机，接着滑动起来。应该是在查了。

"哎，你看看是不是这个？"

"找到了？"

"等等，我先看看……嗯，果然是了，应该没错。有人在博客上写了关于那家店的内容。"

"那家和果子店叫什么？"

"不是和果子店，是甘味处（amamidokoro）。"

"甘……什么？"

"你不知道吗？是这几个字。"壮贵把手机屏幕转向玲斗，指着上面的文字。那里写着"山田甘味处"。

"那个不是念'kanmi'吗？"

"'甘味料'读作'kanmiryō'，所以很多人都以为'甘味处'也这么读。我以前也是这么读的，所以说不了别人什么。总之，甘味处的正确读法应该是'amamidokoro'。算了，这都不重要。这条博客上说，山田甘味处在四年前就关门了。原因是老板去世。那家店卖的是手工和果子，其中就有梅子大福。遗憾的是，博主也没吃过那里的东西，没有说好不好吃。"

"这么说来，元哉君说的的确是去'吃'，而不是去'买'。原来因为那里是甘味处，所以才会在店里吃啊。"

"那你怎么不早点反应过来呢。总之这下算是解决了吧。"壮贵放下了手机。

"那该怎么办？"

"什么怎么办？"

"我想让元哉君吃到回忆中的大福……是叫梅子大福吧。"

"店已经没了，连老板都死了，哪儿有什么办法？"

"真的没办法了吗？不能听听元哉君的描述，重现那种味道吗？"玲斗抬着眼睛看向壮贵。

"重现？我问问你，谁来重现？你该不会想找我吧？我丑话说在前头，以我现在的身份，根本挨不着厨房。"

"你想想办法嘛。"玲斗闭起一只眼，合掌求道。

"不行不行。你根本不懂，重现味道哪儿有这么简单的。要是有具体的制作方法，或是制作者本人记得那种味道，或许还能重现。仅凭别人的记忆去重现，哪儿有这种好事？你给那小孩试吃了，他能说出多放点盐、馅料香味不够、梅子熬的时间不够这种话吗？肯定不行吧。"

听了壮贵无情的指责，玲斗也无话可说。

"他说他也买过类似的大福，但是味道完全不一样，又说不出来哪里不一样。"

"你看吧。这你叫我怎么弄？"

"我明白你的意思。"玲斗点点头，一口喝干了柠檬沙瓦，"不过，我还是想为他做点事情。"

"你为什么要纠结这件事？不就是大福吗？这世上还有很多更好吃的东西，你告诉他不就行了。要是喜欢甜的，我还可以提供我家的商品。光是招牌甜品就有好多种呢。"

"我不是跟你说了吗？那孩子每天一睡着就会忘记当天的事情。不管吃了多好吃的东西，他都记不住。对他来说，值得回忆的美味已经不会再增加了。所以，我想让他尝尝记忆里的美味。"

壮贵端起啤酒，无奈地耸耸肩。

"他跟你非亲非故的，你还这样为他着想，还真够老好人的。不过，这也算是你的优点吧。"

玲斗不好意思地挠了挠头。"哎，你说得我都害羞了。"

"我又没夸你，这是在贬你呢。"壮贵喝了一口啤酒，用手背擦了擦嘴，"你再这样下去，早晚有一天要被人害了。"

"害我能有什么好处啊。"

店员正好路过，玲斗又点了一杯热水兑芋烧酒。

壮贵正要啃烤鸡串，却停下了动作。

"话说，月乡神社附近好像还有警察在守着。"

玲斗听了一愣。"怎么回事？"

"上回我从神社出来，被一个不认识的男人叫住了。他问我是不是这个神社的人。我猜啊，他是看见我从值班室出来了。我说我跟值班室的管理人认识，那人就亮出警官证，问了我的姓名和职业，还问我跟你是什么关系。好像是跟那起抢劫案有关吧。之前听你说，那个叫久米田的大叔只是偷了摔跤手的头罩，而打伤受害者后拿走现金的另有其人吧？既然如此，怎么警察还在神社附近转悠呢？"

原来是为了这件事啊。玲斗听了，不禁有些心虚。最近的参拜者里多了不少生面孔，他早就怀疑那些都是警察了。

"他们可能不相信久米田的供述吧。"

"那又跟月乡神社有什么关系？我只是去了一趟值班室，就被拉过去盘问了。你不觉得这很有问题吗？"

"我哪儿知道警察是怎么想的。可能他们有自己的怀疑吧。"

"搞什么啊。这到底是怎么回事？"壮贵满脸疑惑地喝着啤酒。

玲斗内心早已冷汗直冒。他只对壮贵说了案子的大概，并没有说出真相。

玲斗想：警察也许在怀疑自己。毕竟久米田的母亲松子跟千舟是旧识，还不时到家里做客。警方要是查出这件事，很可能会怀疑久米田跟自己也认识，甚至是同犯。

　　如果只是怀疑这个，玲斗觉得可以不用管。任他们怎么怀疑，他本来就跟那个案子无关。随便他们调查就好了。只要警察怀疑的目标是他，就不必担心佑纪奈会暴露。

　　店员送来了烧酒。芋烧酒的香气飘荡在空气中，但是喝了一口，他就歪了歪头。"怎么有点淡呢？"

　　壮贵闻言，哈哈笑了几声。

　　"兑热水还有兑柠檬水这些都得自己来啊。毕竟勾兑的比例决定了一切，而自己的喜好只有自己才清楚。"

　　"得自己做吗……"玲斗捧着酒杯，陷入沉思。很快，他有了个主意，便打了个响指。"有办法了。"

　　"怎么了？"

　　"梅子大福。"

　　壮贵皱起眉。"你还没放弃吗？"

　　"让元哉君自己做就好了。"

　　"做梅子大福？怎么做？"

　　"壮贵哥，我有件事求你。你能教元哉君做梅子大福吗？"

　　"你说什么？"

　　"你只要动动嘴，准备的事情交给我。咱们让他自己做出记忆中的味道。"

壮贵皱起眉，注视着玲斗的脸。"你认真的吗？"

　　"当然是认真的。你刚才不是说梅子大福不难做吗？我觉得，是不是初中生也能照着食谱做出来？"

　　"要是随便做做肯定是没问题的。关键在于后面。那小子之前就说不出其他店里的梅子大福味道怎么不一样，不是吗？也就是说，他不知道该怎么靠近自己记忆中的味道。"

　　"可是刚才你还说，假如制作者记得那个味道，也许有办法重现……"

　　"白痴，我说的是经验丰富的和果子师傅。你可别小看了和果子。"

　　"我没有小看啊……那要不让元哉君拜师？"说到这里，玲斗的肩膀耷拉下来了，"唉，不行啊。"

　　壮贵轻叹一声，继而压低了声音。"和果子师傅的修行可不是一天就能结束的。你说的那小子，不是一睡觉就会被抹去记忆吗？"

　　"嗯……是啊。"玲斗嘀咕着，啜饮了一口酒。

· 17

　　早川佑纪奈看到画的反应远远超出了玲斗的想象。她先是眨巴了好几下眼睛，继而以手掩口，呆愣了好一会儿。她好像一时间发不出声音了。

　　"怎么样？"玲斗问。

　　佑纪奈颤动着睫毛，看向玲斗。

　　"太厉害了。之前我没有想象过这样的楠树形象，现在有人将其画出来，真的很合适。这幅画让我忍不住打心底里赞同：对啊，那棵楠树就是女神啊。"

　　"听到你这句话，创作者一定很高兴。"玲斗点点头说。

　　他突然联系佑纪奈，就是为了让她看看元哉的画。对方给他回信，表示放学后会带上翔太他们一起来。此刻，翔太就跟妹妹在外面玩。

　　"不过那个人好可怜啊，竟然得了记忆障碍……"

　　"跟他对话时其实发现不了，但实际上应该挺严重的。"

　　"对啊。"佑纪奈的表情沉了下去，"大脑的疾病太复杂了，有好多都没有被研究明白。"

"这么说来，你们的母亲也有大脑疾病吧？我之前听你弟弟提到过。"

佑纪奈点点头。

"她的病叫作'脑脊髓液减少症'。其实这个病名也没有完全确定，只是从症状和检查结果来看，可能性很高而已……不过，她最近好一点了，能下床活动的时间也变长了一些。听她说，差不多能重新工作了呢。"

"那就好。这下你就不必卖诗集了。"

"是啊……"佑纪奈垂下眼。诗集根本没卖出去多少——这句话，她恐怕是说不出来吧。

玲斗在心中劝诫道：所以，你以后可别再干那些奇怪的零工了。

佑纪奈再次看向那幅画，像是在思索什么。

"你怎么了？"

"这上面的少年。"佑纪奈没有抬起目光，而是喃喃道，"其实想说什么呢？"

"啊？你说什么？"

"这幅画是根据我的《喂，大楠树》画出来的吧。在那首诗中，少年虽然对楠树语气傲慢，但其实应该有很重要的事情，才会千里迢迢跑来看它。我猜，少年应该是有烦恼，只是他说不出口，才会说出那些傲慢的话。我觉得，每个人都有同样的烦恼，所以才写了那首诗。现在我在想，这个少年的烦恼究竟是什么呢？"

"原来是这样啊……"

玲斗不禁震惊。他没想到，这幅画竟然能这般解释。在此之前，他也从未想过那首诗竟别有深意。

"如果那个元哉君在画里融入了自己的情绪，那么少年的烦恼，应该是自己的病吧。"

"应该是吧。"

"对啊……"佑纪奈无奈地垂下眉眼，叹了口气。

"你怎么了？"

"我在想，能不能把这幅画写成故事呢？我想写少年与楠树的后续……"

"故事？不写诗了？"

"嗯。"佑纪奈应了一声，露出羞涩的笑容。

"我喜欢写诗，也想试试写故事。"

"比如小说？"

"不是这么了不起的东西。"佑纪奈摆摆手。

"有什么不好的，你就写呗。元哉君肯定会高兴的。"

"但是我不能直接写出元哉君为疾病而烦恼的心情，可要我一个字都不写，我也不愿意。所以这个度的把握真的很困难。"

"有道理……"

光是写故事这件事，玲斗就完全想不到。自然，他也给不出什么建议，只能沉默着挠挠头。

"不过，我会好好想想。"佑纪奈下定了决心，"这幅画可以给我吗？"

"当然。他画这幅画本来就是想送给你的。"

"谢谢了。我会看着这幅画思考。"佑纪奈双手捧起画，咧嘴笑了。

佑纪奈走出值班室，叫上翔太他们，三个人一起离开了。她的背影看起来很欢快，好像已经摆脱了抢劫事件的阴影。玲斗想，她自己早点忘记是最好的。

三天后的夜晚，他收到了佑纪奈发来的消息。她说自己已经有灵感了，想在明天放学后去一趟神社。玲斗回复可以，随即担心起来。就算听了她的灵感，自己也给不出参考意见啊。

他正发愁该怎么办，心里突然有了主意，于是拿起手机，打给了针生冴子。对方很快就接了电话。

"好巧啊，我正犹豫要不要给你打电话呢。"冴子高兴地说。

"怎么了吗？"

"元哉他这几天总问我去你那边玩的事情。比如他那天回家后是怎么说的，看起来高不高兴。他啊，好像是看了那天的日记，心里有些好奇了。我猜他应该是想见见直井先生，所以我就打算厚着脸皮问问你，能不能让他再去叨扰一次？"

"那正好，其实我也是为这事打电话的。请问元哉君明天有时间吗？"

"明天？他没什么事。"

"既然如此，能麻烦您问问他，要不要过来这边玩吗？我想介绍一个人给他认识。上次元哉君回去，是否提过诗集的事情？"

"我听他说了，就是大楠树的诗集吧。他还说看了诗集之后画了一幅画，让我看了他手机里的照片。"

"诗集的作者明天要过来这边。"

玲斗简单说了说他跟佑纪奈的对话。

"元哉君看了诗，得到灵感创作画作，而诗集的作者看了画，又得到了写故事的灵感。您不觉得这样很好吗？所以我想邀请元哉君过来。"

"我觉得这样很好。那好吧，我去问问元哉。明天早上再给你回复可以吗？"

也许是因为她今天说了，元哉第二天也会忘记吧。

"可以，那我等您联系。"说完，他就结束了通话。

第二天早上九点，针生家就打来了电话。玲斗已经来到神社，正在打扫院子。冴子说元哉答应过来。

"他今早也看了那天的日记，说想过来看看。"

"那太好了。请您转告他，下午三点钟过来吧。"

"好的。那个，直井先生……谢谢你为那孩子做了这么多。"冴子的声音里带着浓浓的感激。

"不用在意，这都是我愿意做的。"

虽然有客气的成分，但他确实是这样想的。

下午快到三点时，元哉来到了值班室，跟上次一样问他是不是直井先生。

"是我。请进吧。"

元哉走进屋里,好奇地打量四周,然后点点头。

"怎么了?"

"我就是觉得这里跟我脑子里模糊的印象一样。又旧又小又乱。"

玲斗听了双腿一软。"你这要求可真高啊。"

"不过日记上写的是,这里给人一种很亲切的感觉,而且打扫得很干净。今天的我表示赞同。"

"哎,你夸我啦,谢谢。先坐下吧。今天想喝什么?你上回来喝的是可乐,另外还有乌龙茶和绿茶。"

"那就乌龙茶吧。"

"好嘞。"玲斗应了一声,打开冰箱。

"你那日记上还写了什么?"玲斗倒了一杯乌龙茶,摆在元哉面前。

"写了那天的我跟直井先生聊了很久《星球大战》的话题。还说直井先生虽然没看动画系列,但还算了解星战宇宙。"

"倒是没那么了解。上回聊到哪儿了?"

"在说凯洛·伦的坏话。他崇拜达斯·维达就算了,没想到戴面具还真是模仿,直井先生表示很失望。"

玲斗哈哈笑了。

"是吗?我都不记得了。也许我也该写写日记。"

元哉也笑了笑，然后像是想到了什么，打开背包，从里面拿出诗集。

"日记上还写了这个，还有画。"

"是嘛。"玲斗缓缓点头，"你母亲应该说了吧，制作诗集的高中女生看了你的画之后，突然想写故事了。我还不知道她究竟得到了什么灵感。她一会儿就过来说这个。"

玲斗告诉他，那个女生名叫早川佑纪奈。

元哉拿出手机，点击几下后转向玲斗。屏幕上显示着那幅画的照片。

"我很理解那天的我在创作这幅画时的心情。今天早上我读完诗，脑子里也有了同样的画面。但我真的想象不到这幅画能激发出什么样的故事灵感。"

"佑纪奈同学说，这幅画描绘了少年想对女神倾诉烦恼的故事。"

"烦恼……"元哉喃喃着，点了点头，"也许是吧。"

"你能理解？"

"读诗的时候我就想过，跟楠树说话的人虽然态度傲慢，但实际上，他可能想求助。所以我才想象了那样的画面。"

"原来如此。"

佑纪奈看穿了元哉的深层心理。玲斗不禁想，这二人在感性上真是合拍啊。

过了一会儿，佑纪奈就来了。玲斗并没有跟她提起要叫元哉过来的事情，所以佑纪奈见到元哉时，脸上的表情很是困惑。玲斗说想带上他一起聊，她很快就反应过来，微笑着答应了。

玲斗请佑纪奈坐下，如此，三个人就成了围桌而坐的状态。元哉看上去有些腼腆。

佑纪奈从包里拿出了那幅画。

"我觉得，跟女神对话的人，是无法拥有梦想的少年。他回首自己走过的路，难以想象自己会有光明的未来，所以才无法拥有梦想。诗里虽然写了'就算身体很小，梦想也可以很大'，但是他的内心，其实是反过来的。"

"那个就是我呢。"元哉说，"别说未来，我连明天都无法想象。"

"这个灵感虽然来自你，但我认为所有人都适用。"佑纪奈噘着嘴说，"我也是每天都在为那一天的生活焦头烂额，完全没有时间思考将来。老实说，我很担心自己的将来。也许很多人都是这样的。"

元哉默默点头，应该是认同了她的话。

佑纪奈转向玲斗。

"我想写一个故事，就是少年向楠树说出了那些烦恼。"

"可以啊，不过结局是什么样的？"

"那个还没想好呢。我想先听听你们的意见。假如直井先生是楠树，会对少年说什么呢？"

"假如我是楠树？"玲斗为难地说，"如果你想拥有光明的未来，那就现在开始努力之类……"

元哉忍不住笑了。"说得好像德育课啊。"

佑纪奈也苦笑着低下了头。

"是吧，我也觉得这些提议很一般。"玲斗直接承认，"那元哉君会怎么说？"

"我啊……我想想。"元哉抱着胳膊想了一会儿，然后开口道，"我会让少年看看他的未来吧。"

"啊？真的吗？"佑纪奈意外地说。

"说到底，就是因为未来不可知，人们才会烦恼啊。既然如此，直接把未来告诉他们就好了。如果能看到未来，我也是想看看的。就算未来可能不太好，我也还是想看。"

"对啊。"佑纪奈拍手道。

"楠树女神有预知未来的能力。少年得知这件事，便去求她，想看看自己的未来。就是这个故事。"

"我觉得很不错。"元哉的眼神也很亮，"问题在于，少年为什么会产生想看未来的想法。"

"一定是遭遇了很多不好的事情。比如贫穷、至亲亡故，痛苦使他再也无法期待未来，所以他才想知道自己的未来究竟会怎么样。"

"等等。"元哉从书包里拿出素描本，放在桌子上，然后拿出铅笔，又画了起来。

玲斗诧异地看着他，只见空白的画纸上一点点浮现出画面。那是少年的身影。他耷拉着肩膀，形单影只。接着，元哉又在少年周围补充了一些画面。很快，他就看出那都是少年的回忆。他在床边为某人送终的画面，遭到霸凌的画面，还有对着垃圾桶里的面包垂涎的画面。虽然只是简单的速写，看起来却十分逼真。

元哉刚画到一半，佑纪奈就不停地夸他好厉害。

"画面太准确了。让人一眼就能看出少年内心的痛苦。他很绝望，不知道自己将来该怎么办。"

"那少年该怎么办？"元哉问道。

佑纪奈托着下巴，一脸严肃地思索了片刻，表情突然亮了起来。

"我想起以前听人讲过的故事了。少年听说有一棵楠树能向人展示未来，便出发去寻找。"

"寻找？去哪里寻找？"

"很多地方。险峻的高山，还有沙漠，或者丛林。"

元哉翻动素描本，开始创作新画。很快，画纸上就出现了正在攀登高山的少年的身影。

"对对对，就是这种感觉。你好厉害呀。"佑纪奈激动得就差没有蹦起来了。

玲斗站起身，准备给两个孩子拿点饮料过来。他想：看来是没有自己插嘴的机会了。

· 18

致明日的我：

今天，我去了月乡神社。是直井先生邀请我的，说有个人看了我画的楠树女神，想写一个故事，问我要不要过去听听。

以前的日记里提到过几次直井先生，他果然是个很好的人。听我说值班室打扫得很干净时，他明显很高兴。

想写故事的人名叫早川佑纪奈，是个高中女生。听说她读高三了。我画了她的肖像，虽然不怎么像，但应该会留在记忆中。

素描本上的画是我和佑纪奈姐姐一起想的故事插画。每张画后面都写了简单的故事情节。

我提出可以让少年看看他的未来，然后佑纪奈姐姐就想出了各种故事。

我们还约好了下个星期六再一起聊天。我的工作就是在那之前把素描本上的画都画好。明天的我看了这些故事，肯定也会想画画的。就算不画，也要把原因写在日记里。因为我都跟佑纪奈姐姐约好了，不想食言。

我跟妈妈说了，要她帮我把星期六的时间空出来。

今天的我到此为止。

真的好羡慕星期六早晨醒来后的我啊。

·19

　　元哉和佑纪奈第一次碰面的两天后，玲斗正在打扫鸟居周围，就看见一个中年男人顺着石阶走上来了。他的长相很眼熟。

　　玲斗停下动作，静静等待男人走上来。对方也发现了玲斗，脸上露出略显羞涩的笑容。

　　走完石阶，久米田康作打了声招呼。"好久不见啊，你还是这么勤奋。"

　　"你也比我想象中精神一些呢。虽然经历了那种事。"

　　"唉，我可太难了。无缘无故地就蹲了好几天号子。我都怀疑自己被衰神盯上了，说不定得去做个法事辟辟邪。你这神社有辟邪的吗？要是有什么驱魔的护身符就更好了。"

　　"我这儿没有那种服务，也不卖驱魔的护身符。"

　　"真的吗？明明是个神社，怎么这也没有，那也没有。"

　　"你有什么资格说我？就算有，也是收费的。你有钱吗？"

　　"哈哈哈，你这么说可就扎心了。"久米田满不在乎地说。

　　"而且你哪儿算被冤枉啊。难道你没有摸进别人家偷走职业摔跤手的头罩吗？你是个证据确凿的小偷。"

久米田不赞同地摆了摆手指。

"你没听说吗？那个头罩本来就是我的，我只是去拿回来。"

"那又不是被抢走的，是你自己卖给人家的吧。既然如此，那就不是你的东西了。你现在又把东西偷走，不是小偷是什么？而且我还听说，那东西根本就是假的。"

"就是啊，太倒霉了。我这是被人骗了啊。早知道是假的，我才不去拿回来呢。这世界上就是坏人太多了。"久米田认真地说。

"是你太蠢了。"

玲斗拿着扫帚、垃圾铲和垃圾袋，走向值班室。

"对了，那姑娘怎么样了？"久米田走在他旁边问道。

"什么姑娘？"

"写诗集的姑娘啊。上回不是在这里见过？"

玲斗小心地控制住表情。"你问那姑娘做什么？"

"不做什么，就是有点好奇她怎么样了。毕竟她给了我一本诗集嘛。"

"给你？"玲斗停下脚步，看着久米田，"我看你好像忘了，所以还是提醒你一句。那边还在等你付钱呢，从来没有送给你的意思。对了，你现在就付钱吧。二百日元。"玲斗放下垃圾袋，朝他伸出手。

"啊，不好意思，我现在没钱。"

"又来了。"玲斗叹了一声，拎起垃圾袋迈开了步子，"一把年纪了，还要啃老吗？"

"那有什么办法。我之前被警察抓走了，没法工作啊。"

"你没被警察抓的时候就有工作吗？让一大把年纪的母亲为你操劳，你好意思吗？"

"我当然不好意思啊，这不是找不到工作嘛，能有什么办法？"

"少骗人了。我可听说你靠老妈的人脉找到了工作，每次都做不长久。"

"你知道的事情挺多啊。哦，我想起来了，你家姨妈跟我老妈是同学来着。刚听说的时候我都惊呆了。真有缘分啊。"

"我才不想跟你有缘分。"

"哎，回到刚才的问题，你还没回答我呢。"久米田又问。

"你问了什么来着？"

"那姑娘啊。写诗集的姑娘。她来过这里吗？"

玲斗不回答，而是加快脚步走向值班室。

他明白久米田是什么意思了。这人知道打伤森部俊彦后抢走现金的凶手是早川佑纪奈。但是他被逮捕后并没有说出这个真相。松子阿姨说，他以前从未帮助过什么人，今后可能再也碰不到这样的机会了，所以以下定决心要保护那姑娘。有这个心思，他想关心佑纪奈的近况也就理所当然了。

"你怎么不说话啊？"久米田抱怨道。

走到值班室门口，玲斗放下打扫工具和垃圾袋，重新转向久米田。

"佑纪奈同学偶尔会来，因为那个。"玲斗指了指值班室门口的柜台，上面还是放着一摞诗集，"她好像挺想知道有多少人带走了诗集。"

"是吗？那她精神怎么样？"

"我觉得还挺好。"

"那就太好了。"久米田眯着眼点点头。

不知何时，有两个陌生男女走进了神社院子。他们并没有走向神殿，好像只是在散步。

久米田走向柜台，拿起一本《喂，大楠树》。

"这诗集真不错啊，每一首诗都让人心里一片温暖。那姑娘的内心肯定很纯净。我真的很希望那样的姑娘能得到幸福。"

"我也有同感。"

玲斗目光复杂地看着久米田的侧脸。这人虽然浑浑噩噩地过了大半辈子，也许经过这件事，多少能改变一些吧。

"对了小哥，你保持现在的姿势别动，听我说话。"久米田翻开诗集，注视着上面的文字，同时压低了声音，"你看见刚才有一对中年夫妻走进来没？男人穿着灰色西装，女人穿着带点蓝色的衣服——哎，你别看他们。"

"那两个人怎么了？"

"他们是警察。监视我的人。从我离开家那一刻，他们就跟上来了。"

"为什么要监视你？"

久米田捧着诗集，轻笑了几声。

"那还用说吗？他们虽然释放了我，但也只是延后处理，还没有打消对我的怀疑呢。非但如此，他们还坚信我跟抢劫致伤案有关。虽说从现在的情况判断，他们会这么想也很正常。一般来说，怎么会有窃贼和强盗前后脚闯进同一户人家呢，又不是演戏。所以他们一直没放松对我的监控，就等着我露出马脚。"

"马脚？什么马脚？"

"应该是我的同伙吧。用标准信封给森部寄现金，对我来说是不可能的。那究竟是谁干的呢？现在最有可能的人选——"久米田合上诗集，指了指玲斗，"就是月乡神社的管理人。"

"我？"

"应该是。"

"就因为我姨妈跟你母亲认识？"

久米田歪了歪头。

"好像没这么简单。警察放我出来之前，问了很多关于你的事情。我说只跟你见过一次，甚至不知道你叫什么，但他们似乎一个字都不相信。我猜，应该是警察有怀疑你的理由吧。"

玲斗陷入了沉思。壮贵也说了差不多的话，但他当时并没有在意，只说想怀疑就尽管怀疑吧。

"不清楚。我一点头绪都没有。"

"那就好。我也不觉得你会跟那个案子有关系。"久米田把诗集放回原位。就在这时，他发现了旁边的牌子。"喂，这是什么意思啊？"他拿起牌子，上面写着"请随意取用"。"这诗集不是每本二百日元吗？"

"因为没人买，就免费送了。"

"那我也不用付钱了吧。"

"那时候还是要付钱的。现在付费期间结束，才免费了。"

"搞什么啊，哪里来的这种讲究。"

"少啰唆，你个小偷吵吵什么。二百日元，赶紧给钱，否则你就得背上两桩盗窃罪了。"

"哼，知道了。"

久米田说完，转身离开了。他穿过院子，走下石阶。过了一会儿，那对男女中的女性开始朝久米田离开的方向移动。看来所谓监视应该是真的。

剩下的男性靠在鸟居旁，手里摆弄着手机。只见他瞥了一眼玲斗，又垂下了目光。

玲斗突然意识到，被监视的人好像不只是久米田。

· 20

　　星期六对两个少年男女来说，似乎已经成了很特殊的日子。早川佑纪奈与针生元哉会相约来到月乡神社的值班室，商量制作绘本的事宜。佑纪奈口述自己想的故事，元哉当场勾勒出脑中想象的画面。他会在下次见面前把画加工好，每次见面都要先展示先前完成的画作。这样的交流已经进行了三次。

　　玲斗在第一天产生的感觉应验了，他完全没有插嘴的余地。他能为两个孩子做的，只有提供场地和饮料。不过即使是坐在一旁听他们聊天，玲斗也觉得很开心。他为佑纪奈想到的故事而感叹，又为元哉能快速将故事转变为简笔画的才能而咋舌。

　　第三次碰面的翌日，也就是星期天那日，针生冴子联系了玲斗。她说有件重要的事想跟玲斗商量，不知能否请他抽空见上一面。当天晚上没有祈念预约，他本来不准备去神社，但还是答应了冴子，约她在值班室碰头。

　　"我儿子这段时间多亏你照顾了。"站在值班室里，冴子深深鞠了一躬。接着，她又递过来一个纸袋，说是谢礼。纸袋上印着高级西点店的标志。

玲斗很是疑惑。"我什么都没做啊。"

"怎么会呢。"冴子连连摆手,"你做了之前谁也做不到的事情。是你让元哉有了活下去的力量。我已经很久没看见那孩子这么活泼了,还以为今后也不会有机会看到。现在他有了这么大的变化,我打心底感谢你。直井先生,你真是太厉害了。"

"哪里哪里,真正厉害的是那两个孩子。"

玲斗只觉得两腮发烫。从来没有人这样夸过他,此刻他只觉得坐立难安。

"真的很感谢你,这是我们的一点心意。"冴子说完,又把纸袋递了过来。

人家都说到这份上了,太过客气反而不好,于是玲斗说声"谢谢",接过了纸袋。然后他又请冴子坐了下来。

落座后,冴子对他露出了温和的笑容。

"元哉每天早上起来,都要先看日记。他的记忆虽然消失了,但不知为什么,心里就是有种预感,觉得必须看看日记,看了日记就会高兴。他还说,看日记的时候,他会觉得自己仿佛亲身体验了日记里的内容,还一下就明白了没画完的画要怎么继续加工。"

"真的吗?"

玲斗很难想象元哉究竟是什么样的心境。不过只要他高兴,那就够了。

"那么，您来找我是有什么事呢？"玲斗问道。他并不认为冴子专门跑一趟只是为了道谢。

"是这样的，下下个月就到元哉的生日了，我想着该给那孩子一点奖励。"

"奖励吗……"

"元哉不是没去上学嘛，平时也没上兴趣班或者搞体育活动。所以啊，我完全没有给他庆祝、给他奖励的机会。不过现在，他有了自己的目标，有了创作绘本的梦想。所以我想把支持他的心情用具体的形式表达出来。"

"原来如此。"玲斗点点头。

"这主意很好。您的意思是，想送他礼物吗？"

"问题就在这里。虽说是奖励，但我怎么都想不出那孩子最喜欢什么。我从未问过他想要什么东西，而他看起来也不像有什么想去的地方。所以我才来找直井先生商量这件事了。"

"原来是这样啊。不过我跟元哉认识的时间也短，何况每次见面都像初次见面，所以也不算多了解元哉君。"

"不过元哉他在直井先生面前算是敞开了心扉呀。这可太难得了……不对，他长这么大，还没有这样过呢。所以我猜，他会不会跟直井先生说了些比较掏心窝的话……"

"倒也没有，毕竟我跟他就聊聊《星球大战》的话题。如果要送礼物的话，我也只能想到送些《星球大战》的周边产品，比如手办之类的。"

冴子似乎没什么主意，困惑地歪了歪头。

"那些他有好多了，再多一两个恐怕也不会有多高兴……我啊，就想着能不能实现那孩子藏在心里的愿望。他最大的愿望应该是治好病，只可惜我也没办法。"

"藏在心里的愿望啊……"

"你听那孩子提起过什么吗？"

玲斗仔细回想了一会儿。他虽然每个星期六都会见到元哉，但那孩子最近一门心思投入了制作绘本的工作中，一张口就谈论这个。

冴子见他不作声，连忙道了歉。

"不好意思啊，我突然问这个，你一定很为难吧。身为母亲却不知道儿子想要什么，这话说起来还挺惭愧的。真对不起，请你忘了吧。我还是自己想想好了。"

"不，那个，没能帮上你，我才应该说对不起。"

"哪里哪里。"她摆着手说。

"是我想得太浅薄了，光知道元哉仰慕你，就没有过多考虑，净想依赖你了。这样不好。"冴子挤出一个笑容，站了起来，"难得的星期天，是我叨扰了，真不好意思。这点心最好早点吃，希望能合你的口味。"她看着玲斗旁边的纸袋说。

"谢谢，我会跟姨妈好好品尝的。"

玲斗看了一眼西点的包装纸。那个瞬间，他突然想起了很重要的事情。

冴子道了别，正要走出值班室时，玲斗喊她留步，然后对她说："之前我听元哉君提起过，他以前很喜欢吃一样东西，现在还想再尝一次。"

"他想吃什么？"

"是……大福。"玲斗略显犹豫地说。因为元哉之前跟他说过，别把这件事告诉母亲。

"大福……"

"全名叫梅子大福。那不是普通的大福，馅料里加了梅子甘露煮。他说是以前在家旁边的甘味处吃过的。"

冴子眼睛一亮，应该是想起来了。"他说的是山田家的大福吧。"

"应该是的。您还记得啊。"

"我们以前经常去那家店。那孩子从小就喜欢甜食，还不喜欢西点的奶油，更喜欢和果子的馅料，真不像是这个时代的小孩子。原来他喜欢那里的大福啊……确实，我记得他总点这个。"

"听说那家店已经关门，再也吃不到了。不过元哉君说，他想在死前再尝尝那个味道，想必是十分想念了。"

"原来那孩子喜欢那个啊……"冴子嘀咕着，脸上的笑容渐渐消失。她垂下目光思索了片刻，再抬起眼时，已经重新有了笑意。"我觉得我能理解他的心情。那个大福的味道，也许代表了他少有的欢乐时光吧。因为那时我们经常是一家三口去店里吃的。"

玲斗吃了一惊，想起聊完大福之后，元哉又提到了父亲出轨的事情。原来，大福竟是他们家庭圆满的象征啊。

"您吃过那个大福吗？"

冴子唇边勾起一抹寂寥的微笑。

"吃过几次，很好吃。"

"那您不如试试亲手制作那个大福吧？元哉君说，他吃到的大福也是店家亲手做的。"

听了玲斗的提议，冴子露出意外的神情。

"做大福？我吗？"她先是捂着胸口，继而摇摇头，"我不行。我虽然做饭还算可以，但从来没做过和果子啊。"

"没关系。您知道和果子店匠屋本铺吗？我有个朋友在那里上班。只要跟他说明情况，他也许会帮忙。"

"我知道匠屋本铺。可是我怎么能去麻烦这么有名的店铺呢？你这个主意很不错，但我还是觉得自己做不来。"

"为什么？如果您能重现当年的味道，元哉君肯定很高兴。"

冴子听了，露出苦笑。

"真的不行。我只记得山田家的大福很好吃，却不记得是什么味道了。毕竟最后一次吃到它，已经是好多年前了。"

"元哉君说起它的时候，好像记得很清楚。他说自己尝过别家的梅子大福，味道完全不一样。"

"那孩子记得并不奇怪，因为他有对味道的记忆力。我觉得应该是遗传吧。"冴子轻叹一声，"他父亲是个厨师，现在还在东京都内经营法国餐厅呢。"

"哦，这样啊……"

"他的手艺倒是真不错。"冴子呆呆地看向远方，也许在想前夫唯一的缺点就是花心。

玲斗不知如何回应，只好抿了抿唇。

"这样啊……"冴子喃喃道，"元哉想尝尝那种大福啊。我也想让他尝尝，只可惜已经忘了那是什么味道，实在没办法实现啊。早知道那孩子会这么想念大福的味道，我就不会囫囵吃掉，而是细细品味，然后记在心里了……"

玲斗看着垂头丧气的冴子，脑中闪过一个主意。但他不确定到底该不该说出来。

"直井先生，谢谢你的宝贵建议。"见玲斗不吭声，冴子鞠了一躬，"我也是今天才知道大福的事情。我会以此为参考，好好考虑的。"

见她要走，玲斗急了。如果她真的走了，他也许再也不会有机会说相关的事。

"那个，针生女士，我倒是有个办法。"几经犹豫过后，玲斗终于开口了。

"办法？什么办法？"

"就是，那个……知道元哉君记忆里的大福是什么味道的办法。"玲斗舔舔嘴唇，继续道，"您能答应我，绝对不向任何人透露我接下来要说的话吗？如果您答应，也许能心想事成。"

针生冴子去找玲斗商量儿子生日礼物的三天后就是新月。玲斗身穿工作服，坐在值班室门前。

深夜十一点刚过，神社院子的另一端出现了两个小小的光点，应该是两个人拿着手电筒在走路。

玲斗站起身，等待那二人走过来。

不一会儿，冴子和元哉的身影变得清晰起来。待二人走到值班室，玲斗郑重地施了一礼，说道："恭候二位多时了。"

"晚上好。"冴子和元哉先后同他打了招呼，脸上的表情却很僵硬。

"您跟元哉君解释过今晚的事情了吗？"玲斗问冴子。

"算是吧。"她不太自信地回答道，"就是不知道这孩子听明白没有。"

玲斗能看出来，冴子对此也是半信半疑的。这不怪她。因为只有真正接触过，人们才会真正相信楠树的力量。

玲斗看向元哉："你知道我是谁吧。"

少年点点头。

"你是直井玲斗先生，对吧。我看过日记了。我好像经常得到你的关照，谢谢你。"他的语气也很僵硬，应该是有点紧张。

"你也许不记得了，之前你跟我说过大福的事情。是山田甘味处的梅子大福。你还对我说，在死前想再尝尝那种大福。我想问你，此刻的你也有同样的心情吗？"

元哉露出了困惑的神色。

"我还说过那种话吗？我本来不打算告诉任何人的……不过，

我确实很想吃。"

"可惜你以前去的那家甘味处已经没了，要想让你吃到大福，就只能尝试重现那个味道。问题在于，没有人知道那是什么味道。所以，你今晚才会来到这里。你还记得那个大福的味道吗？"

"是的，我记得。"元哉回答得很干脆。

"真的吗？可不能是依稀记得，还得想起吃大福时的口感、风味之类的，否则就会失败。"

"没问题。"元哉坚定地说，"我现在还记得很清楚。"

"既然如此，我就放心了。"玲斗拿起放在椅子上的纸袋，递给元哉，"这个你拿着。"

元哉接过纸袋看了看，继而奇怪地眨了眨眼睛。"这是什么？"

"如你所见，是蜡烛和火柴。跟我来，我会详细解释的。"

玲斗拿起手电筒，照着前方的道路迈开步子。

顺着院子右侧往前走，出了小树林后，前方便是写有"楠树祈念入口"的立牌。

"前面的路只能由元哉君一个人走了。虽然路有点窄，但是没有分岔，所以不必担心迷路。路的尽头是一棵大楠树，树干的空洞是可以走进去的。里面放着烛台，你就把蜡烛插在烛台上点燃。接下来是最重要的步骤。"玲斗看着元哉，竖起手指，"点燃蜡烛后，你就在脑子里回想那个大福。包括口感、甜度、香味等等，细节尽量多些。只要你把记忆传送给楠树，就有可能重现大福的味道。"

元哉怪异地歪着脖子问："我妈妈也是这么说的，不过，真的有这么神奇吗？"

　　"你现在应该还很难相信。不过你先照着我说的去做吧。这是为了实现你的愿望。"

　　"老实说，"冴子开口道，"妈妈也是半信半疑，觉得这种事不太像真的。不过，妈妈还是想信一次，因为不相信就不会有奇迹啊。元哉，你也试着相信一次吧，不需要抱太大的希望。"

　　元哉还是一脸的难以释怀，最后还是坚定地点了点头。"知道了，那我试试。"

　　"务必注意防火。"

　　听了玲斗的话，元哉应一声"好"，然后踏上了小道。

　　元哉祈念期间，冴子坐在值班室等待。

　　"真的会顺利吗？"冴子忧心忡忡地说。她刚才说的"半信半疑"是真心话。三天前，玲斗对她解释楠树的力量时，她就一脸难以置信的样子。

　　"不清楚。"玲斗回答。

　　"楠树能传达人的念，这是可以肯定的。但我也是头一次这样使用祈念的力量，因此也无法判断结果会如何。就算元哉君真的把有大福味道的记忆传达给了楠树，针生女士若是接收不到，就没有意义了。"

　　"那接下来，只要我向楠树祈念就可以了吧。"冴子的表情有点僵硬。

"两个星期后的满月之夜，您要过来一趟。"

"我真的能做到吗？"她皱起眉，有点担心，"看我，都问些什么呢。连直井先生都不知道结果如何呀。对不起，我不该反复问同一个问题。"

"每个人都会担心，这很正常。"

玲斗嘴上这么说，心里却觉得自己托大了。因为连他自己都没有完全理解大楠树。

先让元哉进入大楠树寄存大福味道的念，接着让冴子去接收，由冴子来重现元哉记忆中的味道——他想到这个主意时，还觉得很不错。后来仔细一想，又觉得困难重重。就算味道的记忆传达了，又如何重现呢？他本打算去求壮贵，但也不能保证他一定会答应。更何况，他如何能肯定味道的记忆能正确传达呢？

他并没有跟千舟商量这件事，因为她肯定会训斥他，不准他这样滥用祈念的力量。就连今天晚上，他也是用假名做了预约。

看一眼时钟，已经过去快一个小时，他交给元哉的蜡烛应该快燃尽了。于是他跟冴子走出值班室，前往祈念入口。

不一会儿，他们就看见元哉从另一头走了过来。他看见玲斗二人，就挥了挥手。方才紧张的情绪看起来已经完全消失了。

"怎么样？"冴子问。

"嗯。"元哉点点头，"我已经尽力了。好怀念啊。"

"怀念？为什么？"

"就是……我回忆起了过去，比如吃大福的时候。"

"哦。"冴子的表情很复杂。也许她想到，元哉指的是家庭和睦的时候。

"今晚辛苦你们了。"玲斗对他们说，"下次满月之夜，请针生女士一个人过来就可以了。还有元哉君，今晚的事情，你不要写进日记。"

"为什么？"

"因为我不确定能否顺利。你也不希望期待落空吧？"

元哉先是瞪大了眼睛，然后叹息一声。

"有道理。那我就不写了。"

"接下来就全力以赴制作绘本吧。我很期待星期六的到来。"

"好的。"元哉满是感慨地说。

玲斗站在值班室门前，目送母子俩离开了。

· 21

听了重现梅子大福的主意，大场壮贵险些没被生啤呛到。他使劲拍着胸口，顺了好一会儿的气，才看向玲斗。

"你怎么惦记着那种异想天开的事情。疯了吗？"

玲斗放下柠檬沙瓦的酒杯，凑了过去。二人又来到了上回那家居酒屋，坐在同样的座位上。

"我不是让元哉君自己做大福，而是让他母亲接收他记忆中的味道，在此基础上制作。换成他母亲，应该能好好接受制作和果子的训练吧？"

壮贵毫不掩饰脸上的怀疑，夸张地摇了摇头。

"接收记忆中的味道？这真的能行？哎，我可不是不相信楠树的力量，不过老实说，我还是觉得不靠谱。"

壮贵有受念的经验，但他的情况比较特殊，未能成功受念。

"先试试，不行就算了。如果他母亲成功受念，到时候想请你帮帮忙。壮贵先生，你也知道的，这种事我只能找你了。拜托你考虑考虑。"玲斗双手撑着桌子，深深鞠躬。

他听见壮贵"啧"了一声。

"你别这样，这么多客人看着呢，赶紧起来。"

玲斗小心翼翼地抬起头。"你答应吗？"

壮贵无奈地撇了撇嘴。

"你说你这么拼命干什么？那就是个跟你非亲非故的初中生吧。他得了不治之症是很可怜，但那也不关你的事。你管这么多干什么？"

"那不能这么说，现在我跟他的关系可不简单了。之前不是说了，他要跟一个女高中生一起创作绘本吗？我看着他那样，心里也想帮忙做点事啊。元哉君的母亲也很感谢我，说我让那孩子有了活下去的动力。你可能想说那只是奉承话，但我这人就是个直肠子，愿意为了这么一句话而努力。"

壮贵苦笑着，往嘴里扔了一颗毛豆。"我还真没见过什么人说自己是直肠子。"

"求你了，帮帮忙。"玲斗再次低头。

"都跟你说了别这样，头抬起来。"壮贵长叹一声，"行吧，我答应你了。等我回去跟公司的上司或者和果子师傅谈谈。"

"真的吗？"

"但你今晚得请客，不准拒绝。"

"那当然了，你想吃什么尽管点。谢谢你，这个人情我欠下了。"玲斗一把抓住壮贵的手，上下摇晃着。

壮贵皱起眉头。"痛死了，快撒开。"

"不好意思，我太高兴，没控制住。"

"一股子牛劲。"壮贵甩了甩被抓痛的手，收敛了表情认真地说，"做和果子不是什么简单的活。那位大姐能吃苦吗？"

"应该没问题。她还说自己做饭的手艺不错。"

壮贵哼了一声。

"和果子虽好，做起来可不轻松。算了，她试试就知道了。"说完，他抬手叫来店员，点了加冰的村尾。那是店里最贵的烧酒。看见菜单上一千五百日元的标价，玲斗忍不住掏出钱包看了看。

在居酒屋外跟壮贵道别后，他推着自行车，步行踏上了回去的路。现在才晚上八点多。之所以这么早结账出来，是因为他看见壮贵还想再来一杯村尾。

来到柳泽家门前，他看见一个男人从侧门走了出来。那张脸让玲斗惊得停下了脚步。是中里。

中里也看见了玲斗，开口道："哎，回来啦。"

"你怎么来了？有什么事吗？"玲斗问话的声音不受控制地拔高了一些。

"没什么事，就是打个招呼。再说我也一直没感谢月乡神社配合警方的调查。毕竟麻烦到了大名鼎鼎的柳泽家，我怎么能不上门问候一声呢。"

"你跟我姨妈聊什么了？"

"没聊什么啊，你问问柳泽女士就知道了。好了，告辞。"中里抬手打了声招呼，正要抬脚离开，却停下了动作，"你有没有考虑过今后的事情？"

"今后的事情？"

"当然是柳泽女士——你的姨妈啊。她的病情现在可能不怎么影响生活，但是那种病难免会有急转直下的可能。到时候就像雪崩一样。我劝你啊，还是早做准备的好。"

玲斗明白他在说千舟的症状。

"不用你说，我自己也有考虑。"

"也对。是我多话了，请见谅。"中里原地转身，头也不回地走了。

玲斗停好自行车，走进家中。来到客厅，他看见千舟对着桌子，正在看记事本。

"我回来了。"玲斗说。

"回来啦。今天还挺早啊，不是去喝酒了吗？"千舟头也不抬地问道。她应该早就听见了玲斗回家的动静。

"今天散得比较早。"

他提前打电话说了要跟壮贵聚餐的事情。

"刚才有警察过来了？"

"警察？"千舟抬起头。

"就是中里警官……"

玲斗有些担心。难道她的记忆已经消失了？

好在，千舟了然地点点头。

"那位是警部补，职位是刑事课刑事一组长。根据中里先生的说法，日本并不存在警官这个警衔。"千舟说起话来还是这么严谨。玲斗长出了一口气。

"中里警部补来干什么了？"

"他送那个来了。"千舟看向旁边的点心礼盒。包的不是匠屋本铺的包装纸。"他说这是协助警方调查神社的谢礼。原来也有这么规矩的警察啊。"

"他就是来送谢礼的吗？没说别的？"

千舟闻言，看了一眼记事本。"对了，他还让我看了照片。"

"照片？什么照片？"

"人像照片。很多人的照片。"

"有多少？"

"我哪儿记得啊。他也不是一张一张给我看的，而是……叫什么来着。比手机屏幕大一些的……"

"平板电脑吗？"

"对，平板。他给了我一个平板，让我看里面的图片，要是见到认识的就告诉他。"

"那你见到了吗？"

"没有。"千舟摇摇头，"一个都不认识。"

"中里警部补怎么说？"

"没说什么。他只说'这样啊'，然后把平板收回去了。"

玲斗陷入了思索。中里究竟让千舟看了什么人的照片？他完全猜不出对方的意图。

"中里警部补还说了什么吗？"

"还有……你的工资。"

"我的工资？金额吗？"

"怎么可能。"千舟摆摆手，"就算是警察，也不会问那种深入的问题。他只问了我是怎么支付工资的，是现金交付还是银行转账。他这么问我可就为难了。因为楠树看守人的工资不是谁支付的，而是直接收取祈念费啊。我又不能跟他提起祈念的事情，一时间真不知道该怎么回答。"

"那你后来是怎么回答的？"

"我就告诉他，是隔几个月给一笔现金。他又问我最近一次付工资是什么时候，我就回答大约三个月前。要是他去问你了，你记得别说错。"

"知道了。中里警部补就问了这些吗？"

"大概就这些吧。"千舟看着记事本说，"哦，对了，他还说起了母亲。"

"母亲？中里警部补的吗？"

"他说母亲住在老人院，他太忙了，没什么时间去探望。"

"哦……"

玲斗想起了中里在外面跟他说的话。那也许是经验之谈。

· 22

　　星期六元哉上门后，没有对玲斗提起任何关于大福和祈念的事情，显然他的记忆已经消失了。对现在的他来说，更关心的无疑是绘本的后续。因为佑纪奈的创作遇到了瓶颈。

　　主人公少年希望楠树女神能让他看看自己的未来。佑纪奈却迟迟未能想到女神究竟该让他看到什么样的未来。

　　"我觉得无论是看到好的未来还是坏的未来，对少年而言都没有好处。可要是什么都不给他看，女神就没有意义了。"佑纪奈对着眼前的创意笔记，抱着胳膊说道。

　　"而且这是绘本，会有很多人读。应该设计一个让大部分人能够产生共鸣的故事才行。"

　　听了元哉的意见，高中生作家叹了口气，表示有道理。

　　"你们可真辛苦啊。"玲斗给他们倒上麦茶，并表示了同情。为一个故事的发展苦思冥想，这种事恐怕这辈子都与他无缘。

　　这时，佑纪奈问："直井先生，你有什么好主意吗？"听到这句话，玲斗险些失手掉落了手中的饮料瓶。

“别问我啊，我怎么可能有主意。”

“你从来没想过看看自己的未来吗？”

“没想过。”玲斗耸耸肩，“反正也不是什么了不得的未来。”

“那你小时候应该想过吧。”

“那是多久以前的事情了，我早就忘了。”说着，他挠了挠后脑勺。他很想为二人提出一些好主意，主要是想不到，他也没办法。

“我想了想，”元哉略显踌躇地开口道，“未来真的有这么重要吗？”

“啊？”佑纪奈惊讶地直起了身子，“那是什么意思？”

“嗯，怎么说呢……知道未来真的那么有价值吗？”

“价值……”佑纪奈眼神飘忽。

“对不起。”元哉道歉道，“我并不是对佑纪奈姐姐的故事有意见，只是不明白，为什么少年想要知道未来呢……”

“啊？这……可是……”佑纪奈不停地眨眼睛，脑筋不太转得过来，“不是你说可以让少年看看自己的未来吗？”

“啊？”这回轮到元哉感到惊讶了，“是吗？”

“是呀。少年因为自己的未来而烦恼不已，你说让他看看就好了，还说如果可以的话，你也想看看自己的未来。你不记得了吗？”佑纪奈先是噘嘴抱怨，继而回过神来，捂住了嘴。她应该是察觉到自己的失言了。

“对不起。”她喃喃道。

元哉有点尴尬地低下头，接着从旁边的书包里拿出了笔记本，翻过几页之后，他便停下动作，叹了口气。

"原来真的是我说的啊……日记上都写了。其实我每次来之前都会重新看一遍，但是内容越来越多，前面的我就不再看了。唉，还是不能偷懒呢。"

"其实也不算偷懒……"佑纪奈没精打采地说。

元哉盯着日记看了好一会儿，然后点点头。

"我要收回刚才的话。保持原来的方向更好。少年请求楠树女神展示他自己的未来。我看了日记，觉得这样肯定没错。对不起，刚才让佑纪奈姐姐为难了。"

"你真的愿意接受？"

"愿意。我不会再乱说话了。"

"那就好……"

气氛变得有点沉重。就在那时，玲斗放在桌上的手机响了起来。是千舟打来的电话。

"是我，怎么了？"

"玲斗……你现在很忙吗？"千舟的声音听起来太无力了，这让他有种不好的预感。

"不忙啊，出什么事了？"

"我人在车站……"说到这里，千舟停下了。

"千舟姨妈？"

"……我不知道了。"

"不知道什么了？"

"唉……"又一阵短暂的沉默，千舟继续道，"回家的路。"

玲斗的心猛地一颤。但他拼命忍住了惊呼。

"我知道了。"他努力用平静的声音说，"我现在就去接您，您不要乱走，好吗？"

"好的……对不起。"

玲斗一阵心痛。他从未听过千舟这般无力地说话。

结束通话后，玲斗从抽屉里拿出值班室的备用钥匙，交给佑纪奈。

"我有事要出去，不确定什么时候回来，所以你们走的时候记得把门窗关好。下次来的时候再把钥匙还给我就行。"

"出什么事了吗？"

"没什么，就是去带个路。"说完，玲斗就跑出了值班室。

他冲过神社院子，跑下石阶，跨上停在空地里的自行车，奋力蹬了起来。

他想起了认知障碍咖啡馆的志愿者说过的话。患者的病情继续发展下去，就会在平时很熟悉的道路上迷路。虽然不是时时刻刻都这样，但难免会发生，而且会越来越频繁，所以要做好一定的心理准备。

心理准备——也就是说，他必须意识到，千舟的病情正在演变为严重的认知功能损害。

我早就准备好了。玲斗对自己说。千舟是他唯一的亲人，也是恩人，所以无论怎么样，他都不能逃避。

他好不容易赶到车站，却没看见千舟。把周围找了一圈，还是不见人影。玲斗心中疑惑，赶紧打了电话。

电话很快接通，对面传来了没好气的声音。"喂？"

"啊……千舟姨妈？您在哪儿？"

"嗯？我在家啊。"

"家？在自己家吗？"

"对啊，我刚回来。怎么了？"

"您回到家了呀。"

"回到了。你在说什么呢？"

玲斗反应过来了。千舟一定是在等待时想起了回家的路，同时又忘记了她在慌乱之中寻求帮助的事情。这究竟是好事还是坏事，玲斗很难判断。

"没什么，我现在就回去。"

"那你记得买点鸡蛋回来。我本来想买的，后来一走神，就忘了。"

"知道了，鸡蛋是吧。我这就买回去。"

挂断电话，玲斗敲了敲胸口。他再次告诉自己：我随时都做好了准备。

· 23

　　元哉寄念后过了两个星期，满月之夜终于到来。针生冴子独自来到月乡神社，难以掩饰眼中不安的神色。

　　"这件事其实不难。"玲斗开始向她介绍受念的方法，"您进入楠树后，将蜡烛插在烛台上，然后只需心里默念'元哉君'就可以了。只要是与他相关的事情都可以。比如快乐的记忆或是痛苦的记忆。只要您与元哉君心怀牵挂，念必然会降临。但我并不能肯定那是什么样的念，请您做好接纳一切的准备。"

　　听完这番话，冴子脸上不安的表情还是没有完全消失。不过，她坚定地点了点头。"我试试。"

　　玲斗把装着蜡烛和火柴的纸袋交给她。

　　"那您快去吧。衷心祝愿针生女士的祈念可以打动楠树。"

　　目送冴子纤细的身影融入黑暗后，玲斗拉过值班室门口的折叠椅坐了下来。他抬头，注视着夜空中莹白的满月，随即联想到大福，莫名有了乐观的预感。

　　今晚的事情他同样没有告诉千舟。跟元哉来寄念那天一样，他用假名做了预约。最近，千舟即使在祈念预约表上看见陌生的名字，也不会说什么了。她应该是信任玲斗，但更大的原因是对自己的记忆没有自信。

千舟的症状目前还停留在MCI——轻度认知功能损害。但是他最近愈发感觉，千舟可能已经朝着恶化的方向走了好几步。前些天她第一次打了找不到回家之路的求救电话，而现在，千舟在谈论刚刚发生的事情时，越来越频繁地前言不搭后语了。

他比较担心千舟的心情。聪明的她已经接受了现实，始终保持着处变不惊的心态。至少，她在玲斗眼中是这样的。但是，她的内心果真如此吗？面对一点点逼近的暗影，她又怎会不害怕呢？那么，自己能为她做点什么呢？玲斗平时很注意用话语去鼓励千舟，但他也觉得，这么做可能只会伤害到她的自尊。

想着想着，一个小时过去了。他看见冴子拿着手电筒走了回来。

玲斗站起身迎了上去。看见冴子的脸，他吓了一跳。只见满是血丝的双眼下方，赫然是眼泪滑过的痕迹。

"不顺利吗？"按照规定，楠树的守护人不能询问祈念的细节，但玲斗还是忍不住问了。

冴子摇摇头，用手帕按了按眼角。

"成功了。我应该，成功受念了。我接收到了那孩子的念。比我想象中更强烈，更鲜明……"

"大福的味道也接收到了吗？"

"接收到了。所以我也想起来了，就是这个味道。那个瞬间，我就沉浸在了强烈的怀念中。"

"那就好。"

"我想让元哉尝到那个大福。我从来没有想过，这对那孩子来说竟是这么重要的事情。"

"既然如此，那就试试吧。让梦幻的大福复活过来。"

"好！"冴子坚定地回答，继而将求助的目光转向玲斗。"可是……"

"怎么了？"

冴子舔了舔嘴唇，鼓起勇气开口道。

"为了达成目的，我能请你再帮一个忙吗？"

"再帮一个……忙？"

"是的。"冴子认真地点了点头。

冴子受念的二十三个小时后——

玲斗坐在值班室门前，眺望着跟昨天没什么两样的月亮，余光瞥见远处亮起了手电筒的灯光。两个人影朝这边走了过来。女人是冴子，男人长着陌生的面孔。他个子很高，体格健硕。

"晚上好。"冴子招呼道。

"您终于来了。"玲斗的目光从她转向旁边的男人，"这位是……"

"这是元哉的父亲。"冴子介绍道。

"鄙姓藤冈。"男人做了自我介绍。他的脸上没有笑容，反倒是狐疑的神色。

"您已经了解过情况了吗？"玲斗问道。

"嗯，是听说了……"藤冈吞吞吐吐地说，"其实我有点难以相信，也有点反应不过来，就这么稀里糊涂地被带过来，心里有点困惑。"

玲斗缓缓点了一下头。

"我很理解您的心情。每个人一开始都是这样的，所以只能先试过再说。"

藤冈吐出一口气，转向冴子。"他跟你说了一样的话。"

"本来就是这样啊。我之前也是这样的。在昨天这个时间之前，我一直都是半信半疑的态度。"冴子肯定地说，"所以麻烦你了，就当自己被骗了一次。"

"我知道了。再说我也是为了元哉啊。"

玲斗把装了蜡烛和火柴的纸袋交给藤冈，并向他说明了受念的方法。他应该已经听冴子说了一遍，此刻只点头听着，没有言语。

接着，玲斗和冴子一起目送他走进了楠树祈念入口。

"希望能顺利吧。"玲斗说。

"大概没问题，因为那个人跟元哉应该也有心灵的纽带。"

她的语气带着一丝微妙的不确定，但玲斗没有指出来。

昨晚冴子跟他提起的"请求"，就是希望让元哉的父亲也来受念。

玲斗很理解她的想法。二人都受念肯定比一人受念更有可能重现正确的味道。而且他早已听说，元哉的父亲是厨师，对味道的记忆更胜一筹。

问题在于该如何说服他。而冴子说，这件事可以交给她来做。

"我已经告诉过和果子店的朋友了，说有人要挑战制作梅子大福。元哉君的父亲能加入，那就是锦上添花了。"

"谁知道呢。不过我只能祈祷这么做是对的。"

"那个，我想冒昧问一下……"玲斗略显沉重地开口道。

"你想问什么？不用客气。"

"藤冈先生，现在重组家庭了吗？"

"哦。"冴子露出了苦笑，"你会好奇这个也不奇怪。我不太清楚具体情况，但是听他说正在跟一位女性交往。还说对方是餐厅的合伙人。不过他也说，并没有结婚的打算，因为他不打算要小孩了。就算对方最后跟别人结婚，他也不会有怨言。"

"他不想要小孩吗？"

"他说自己不放心。元哉的病被查出来时，医生也说过不排除有遗传的原因。他好像很在乎这一点。"

"看来藤冈先生也一直很关心元哉君呢。不过也难怪，毕竟是亲儿子。"

玲斗话落，冴子也表示赞同。

"我让他也来受念，不仅是为了做梅子大福，而且有更重要的理由。"

"是吗？那理由是——"他想问是什么，但及时打住了。因为他发现冴子眼中噙满了泪水。

"我们都该早点知道那孩子心里的事情。在楠树转达给我们之前，就该知道的。"

泪水终于决堤，顺着脸颊滑落。

玲斗低下头，沉默不语。

· 24

穿过神社院子，走下石阶，狭小的路旁停着一辆白色小货车。车身上印着"匠屋本铺"的标志。驾驶席上的人是壮贵。那件白色上衣应该是制服，胸前还有公司的商标。

玲斗抬手打招呼，然后打开了副驾驶席的车门。

"抱歉，等很久了吧。"

"没有，我才刚到。坐稳了吗？出发了。"

玲斗系上安全带，表示坐稳了。

"刚才我看见两个男人上去了。"壮贵皱着脸说，"其中一个人穿着夹克衫，另一个人穿着西装。你在上面看见他们没？"

"有吗？上面有几位参拜的客人，但我没有特别注意。"

"穿夹克衫那位是之前跟我谈过话的警察。不过这回我坐在车上，他没看见我。"

"又是警察？他们究竟在查什么啊。上回还跑到我家去了。"

"你家？柳泽阿姨家吗？"

"没错。还问了千舟姨妈好多奇怪的问题。"

玲斗把前些天的事情简单讲述了一遍。

"那是什么意思啊？那个叫久米田的大叔曾经躲在月乡神社，所以警察在神社晃悠，这我可以理解。可是那跟柳泽阿姨有什么关系？玲斗，你真的一点头绪都没有吗？"壮贵握着方向盘，语气强硬地逼问道。玲斗被他的气势镇住了，一时不知如何回答。壮贵敏锐地察觉到他这一瞬的踌躇，当即轻踩刹车，停了路边。

"喂，玲斗！"壮贵一拳砸向方向盘，瞪着他说，"你该不会隐瞒了什么吧？"

玲斗垂下目光。他说不出否定的话。

"玲斗！"

"对不起！"玲斗双手合十，连忙说道，"我一直觉得这件事应该告诉壮贵先生，但总是抓不住时机。"

壮贵长叹一声。"你到底隐瞒了什么？跟事件有关吗？"

"确实有关。"

"你该不会想说，自己才是凶手吧？"

"不是不是。只是——"

"什么？"

"我知道凶手是谁。"

壮贵惊讶地瞪大了眼睛。"是谁？"

玲斗没能马上回答。壮贵急得一把抓住了他的领口。"赶紧说，是谁！"

"你先答应我，不会告诉任何人。"

壮贵眼中浮现出疑惑的神色。"难道是我认识的人？"

"你没见过她，但是知道她这个人。因为我提到过。"

壮贵思索了片刻，然后点点头。"知道了，我答应你。说吧，是谁？"

"是佑纪奈同学。"

"啊？"壮贵皱起了眉，"佑纪奈，不是那个在创作绘本的女高中生吗？"

"是她。"

"哎，等等。"壮贵抚着头说，"我们在谈什么？难道不是抢劫案吗？"

"就是在谈这个。"

"所以呢？抢劫案的凶手是那个女高中生？"

"没错。"

"真的？你可别耍我啊。"

"我怎么会在这种情况下开玩笑呢。我知道这很令人难以置信，但真相就是如此。真要解释起来，就很花时间了。"

"花时间也没关系，你给我说清楚。"壮贵说着，干脆把车子熄火了。

无奈之下，玲斗只好把自己知晓抢劫案真相的过程说了出来。比如千舟与久米田松子的关系，还有动用了楠树之事。这番话说得颠三倒四、反反复复，但总算是说完了。

壮贵听完他的讲述，以手抚额沉默了许久。也许是过程太复杂了，他需要时间整理。

"就是这么回事吧？"壮贵开口道，"佑纪奈同学揍了森部那老东西，然后偷走了现金。久米田目睹了她的行为，但是没有交代。你呢，则伪造了一份诗集感想替久米田说出他的心思，并让佑纪奈同学看了。然后，你又拿出五万日元买了佑纪奈同学的诗集。佑纪奈同学幡然醒悟，把自己偷走的钱全部用标准信封寄给了森部——我这么说对吗？"

"很完美。不愧是匠屋本铺的少东家。"

"都说了别那样叫我。话说回来，你怎么把自己卷进这么大的麻烦里了？也不对，是你自己主动踩进去的。"

"我这也是骑虎难下了。"

"前有梅子大福，后有绘本，你这人啊，总是这样。不过照你的说法，这次的案子警方不应该盯上你跟柳泽阿姨啊。他们究竟在想什么？"壮贵抱着胳膊，疑惑地说。

"别说，我被怀疑倒是难免的。"

"事情可没有这么简单。"壮贵目光警惕地说道，"警察恐怕不是怀疑你，而是意识到你可能与凶手有关系。所以他们才会监视你。"

"有关系？警察怎么会知道？"

"你问我，我也不知道啊。不管怎么说，你都要小心。要不还是别让佑纪奈同学去值班室了吧。"

"可是绘本还没……"

"那东西就不能换个地方做吗？照现在这样，万一警察盯上她了怎么办？我也是为你们好，还是换个地方吧。"

"知道了，我考虑考虑。"

"真受不了你，怎么到处招惹麻烦。"壮贵身体前倾，发动了引擎。

"是啊，我自己也奇怪。"

"说得好像不关你事一样。"壮贵松开手刹，轻踩油门。

二人开车来到了匠屋本铺总店。店铺与隔壁的大场宅邸一样，都是散发着江户风格的纯和式建筑。难怪总有人在门口举着手机拍照。

壮贵下车后，领着他绕到了店铺后门。那里有员工专用的出入口。

走进店里，迎面扑来一股甜香。穿过光线略显昏暗的走廊后，前方是一排玻璃墙，里面就是厨房。十几个身穿白色工作服的员工站在台前，默默地做着和果子。

"这里是和果子的手工作坊。铜锣烧和最中饼的生产线在稍远处的总部工厂。那里还有羊羹。"

"哦。"

玲斗也在食品加工厂工作过，对那种地方没什么好印象。发生异物混入事件时，他被人当成替罪羊，因此被调到了其他岗位。

壮贵走到隔壁房间门前，朝他招招手，然后把房门打开了一条缝。

"别出声，别让人发现了，你就偷偷看一眼。"

玲斗依言，静悄悄地凑到门缝旁去看。

里面是厨房，有三个身穿白色工作服的人。他们都戴着口罩，但玲斗很快就认出其中一人是针生冴子。其余二人是男性。他意识到，高个的男人就是那天见过一面的藤冈。

此刻，藤冈摘下口罩，端起眼前那杯东西喝了一口。细细品味一番后，摇了摇头。

"不对，完全不一样。还是刚才的味道更接近些。这个的甜味太强，盖住了梅子的风味。"

"你刚才不是说要再甜一点吗？"

"我说的不是齁甜，而是要跟梅子形成平衡。问题不在于糖的多少啊。"

"那你要我怎么办嘛！"

"我正在想呢，你别叽叽喳喳的。"

"谁叽叽喳喳了，我只是在提意见。"

二人的声音都很尖锐，听着很是烦躁。

"好了好了，都冷静。"另一个男人安抚道，"我们只能一个个尝试过去。昨天不是说了吗？这个目标是不可能一蹴而就的。切记要脚踏实地啊，好不好？"

"好。""对不起。"冴子和藤冈同时开口。

壮贵按住了玲斗的肩膀，像是在暗示他离开。

"看吧，就是这种感觉。"壮贵朝着后门边走边说。

"比我想象中还要辛苦呢。果然请外行人来做不容易啊。"

"都这时候了，你还说什么呢。还有我可先告诉你，一般人入门可不是这样的。他们得在短时间内学会制作外皮和馅料，负责教他们的师傅也铆足了力气，跟魔鬼教官似的。藤冈先生自己就是个专业厨师，所以师傅们都夸他呢，竟然能放下骄傲忍耐这样的调教。"

"还有这种事啊……"

走到外面，玲斗上车前看向壮贵。

"壮贵先生，我要再次感谢你。真的给你添麻烦了。"

壮贵鼻子上都挤出了皱纹。

"白痴，跟我讲这些有的没的干什么。我什么都没做，不过是起了一些牵线搭桥的作用。另外，说服公司那帮人也没怎么费功夫。而且我们还得到了开发新商品的灵感，一点损失都没有。"

"你能这样说，我就放心多了……"

"最辛苦的还是那两个人。如果只想做出看起来不错的和果子，我有大把的经验可以传授给他们。然而他们想要的并不是这个。现在只有那两个人知道元哉君记忆中的味道。他们或许也很迷茫，无法肯定对方追求的味道是否与自己一致，所以才会像刚才那样，总是意见相左。我在旁边看着都提心吊胆的。"

"原来是这样啊……壮贵先生之前什么都不说，我还以为很顺利呢。"

壮贵皱起了眉。

"怎么可能顺利呢。不过，就算困难重重，在经过许多次试错后，他们的想法也在慢慢靠拢。店里的师傅都是这么说的。看来，那两个人都有了朝着同一个方向努力的感觉，也许很快就能冲过终点了。我就是听说了这个改变，今天才叫你过来看的。"

"是吗？听你这么说，我就放心了。"

"我们也来期待一下梦幻梅子大福的完成吧。"壮贵咧嘴一笑，打开了车门。

玲斗也坐进了副驾驶席。他凝视着返回月乡神社的道路，回想起冴子带藤冈过来受念的那天晚上。

他从楠树里出来，表情与之前已经是天差地别。他僵着脸，双眼通红。

"我知道你带我来的理由了。"藤冈对冴子说，"一开始，受念的感觉让我吓了一跳。我从未了解过，甚至不敢想象，元哉的内心感受竟然变得像我自己的感觉一样。我觉得这是奇迹。但是，我很快就意识到重点不在这里。我应该了解的，是元哉如今是用一种什么样的心情在生活。真没想到——"

藤冈突然沉默下来，向玲斗深深鞠了一躬。

"很抱歉，能让我们单独谈一会儿吗？"

"啊，好的……"

玲斗转身就要走进值班室，却被冴子叫住了。

"不行，直井先生也要听。"

"可是……"

"是直井先生为我们创造了这个机会。还有，接下来我想做的事情，需要直井先生的帮助。"

藤冈皱着眉，沉默片刻之后，点了点头。"既然你这么说……"

冴子看向玲斗。

"那孩子知道，自己的时间已经不多了。"

"啊，什么时间……"

"活命的时间。手术后，医生告诉我，他可能只有两年的寿命。我把这件事发消息告诉了这个人，而元哉好像看见了。当时他还没有出现记忆障碍的症状，所以他现在还记得。"

玲斗不禁愕然。元哉在他面前表现出的开朗面貌之下，竟隐藏着那样的心思吗？他完全无法想象。

"我觉得，创作绘本已经成了元哉活下去的动力。他如此努力，就是为了留下自己在世上走了一遭的证据。为了那孩子，我们也想尽一份力。"冴子又看向藤冈："梅子大福的意义，那为什么是他最怀念的食物，你也明白了吧？"

藤冈点点头。

"那对他来说就是幸福的象征。我们明明带他去过更好玩的地方，去过夏威夷，也去过迪士尼，但我没想到，对他而言最快乐的时光，竟是在小小的店铺里吃大福的时候……"

"那是因为我们三个人都在。对那孩子而言，这才是最重要的。"

"看来是了。"藤冈垂下目光，"他跟我见面时，从来没提过那些事情。"

"他不是不说，而是说不出口。那孩子也是有顾虑的。"

"应该是吧。"

玲斗犹豫地插了句话。

"那个，我听元哉君说，他跟父亲见面时都不会在日记里写见面的事情，也许是因为不太开心。请问有这回事吗？"

"不对啊，应该不会……"藤冈说到一半没了声音。

"那也是他的顾虑。难得跟父亲见面，我猜他其实是很开心的。每次看他回来的脸色，我也能感觉到——难道不是吗？"冴子问前夫。

"我是觉得他挺开心的。"藤冈不太确定地说。

"他是在为我考虑。他觉得如果写在日记里，将来难免会被我看到，所以才不写。我也是通过受念才知道了这件事。让病重的儿子为自己考虑，我身为母亲真是太没出息了。"冴子哽咽着说完，再次看向藤冈："我们一起做梅子大福吧。无论如何都要重现那个味道。等做好了，要让那孩子尝尝。当然，你也要一起尝。"

藤冈坦然地迎上了前妻的目光，坚定地回答："好。"

玲斗不禁想，那个瞬间，离异的夫妻之间又产生了新的纽带。

车子到达月乡神社后，壮贵没有下车，而是直接掉转车头回了公司。玲斗目送着小货车消失在视野尽头。他想，等梅子大福做出来，还得再请壮贵吃一顿。到时候他一定要多带点钱，让壮贵尽情地续杯村尾。

走进值班室，他吓了一跳。中里在里面。

"中里警官……你在这里干什么？"

"干什么？当然是工作啊。我可不是来找你玩的。"

玲斗看了看元哉和佑纪奈。不知为何，佑纪奈的脸色似乎不太好。

"你找他们有事？"

"你别摆出那么可怕的表情嘛。"中里苦笑着说，"我只是请他们协助调查而已。现在已经结束了，我走了。"

"协助什么？"

"你自己问他们吧。不是什么大事，你不必这么担心。话说回来，这真不错啊。"中里指着贴在墙上的画说，他手上还戴着白手套，"听说这两个孩子要独立创作绘本？太了不起了。"

"这是年轻人的天赋。等做好了，送你一本如何？"

"哦，那就不用了。我自己去买。"中里摘掉手套，塞进上衣内袋。他看向元哉和佑纪奈，留下一句："谢谢，很有参考性。"说完就出去了。

玲斗看着中里离开，然后问："他都问什么了？"

二人对视一眼。

最先回答的是元哉。"他问我们在这里干什么。我说在创作绘本。"

"还有别的吗？"

"他给了我一个平板电脑，要我看上面的照片，找找有没有认识的人。"

千舟也被问过这个问题。

"然后呢？"

"我就说，我得病了，就算见到过这上面的人，也不会记得，所以让我看这个没用。然后那个大叔说，那也没关系，先看看再说。于是我就看了。那上面当然都是不认识的人。大叔听了我的回答，没有什么反应。不过，他心里应该是挺失望的吧。"元哉愉悦地说。

玲斗将视线移向佑纪奈。"他也让你看那些照片了？"

"是的。元哉君正在看的时候，他又给我一个平板，问了同样的问题。"

"另一个平板？中里警官有两个平板吗？"

"确实有……"

玲斗脑中浮现出了中里的白手套。他知道警察随身携带手套的原因。那是为了在触碰证据时避免沾上自己的指纹。

"怎么了？"佑纪奈的眼神不安地颤动着。

"不，没什么。"玲斗努力挤出笑容，试图糊弄过去。

接着，他们就跟此前的每个星期六一样，平静地度过了一天。送走元哉和佑纪奈后，玲斗打扫完神社，踏上了归途。

回到家时，千舟正坐在客厅，注视着一张传单。

"我回来啦。"玲斗高声道。

"哦，回来啦。"千舟摘掉老花镜，收起了传单，"你先去换身衣服，我这就做饭。今天吃鲭鱼味噌煮。"

"刚才那是什么传单啊？"玲斗凑过去说。

"没什么。"千舟没好气地说完，叹息一声，看向玲斗，"不过，还是给你看看比较好。"

"什么东西啊？"

千舟拿起传单，放在玲斗面前。竟然有好几张。

玲斗看向最上面的传单，不由得心中一惊。因为他看见了写有护理的付费老人院介绍。

"是中里警部补说他母亲住在老人院的话让您动了心思吗？"

千舟苦笑着，摇了摇头。

"其实我早就在考虑了。难道你觉得，我从未考虑过自己以后的事情吗？"

"我只是……那个，那倒没有……"

"老人家有老人家的自尊。其中一样就是希望自己在度过余生的过程中尽量不给别人添麻烦。要是我的病情发展成了重度认知功能损害，最为难的只会是你，玲斗。我不想让你为此操劳。容我强调一遍，这是我的自尊心问题。"

这番话语条理异常清晰，让人听不出任何轻度认知功能损害的影响。玲斗听后，一句话都反驳不了。他只能默不作声地拿起传单，翻开第一页仔细阅读。上面印着高大的建筑物和绿意盎然的周边环境照片，介绍文字中提道："本院兼设医疗设施，保证用户在享受医疗护理的同时自由地生活。"对于认知功能损害患者的入院条件，介绍中也标明了"可接受重度患者"。

那老人院的餐厅看起来也挺宽敞明亮的。普通房间面积超过三十平方米，附带厕所和浴室。而且每个房间都设有储物室。

玲斗不禁想，若是住在这种地方，还挺让人放心的。

"这个地方还不错，对吧？"千舟说，"里面还有客房，可供访客临时居住。"

"真不错啊。"

"不过，费用是个问题。"

"费用？"

玲斗目光微动，看向费用栏，下意识地眨了眨眼。上面写着入住费用为"四千万到七千五百万日元"，而且入住后每月需要缴纳的费用也超过了二十万日元。

"好贵啊。"

"是吧？所以那里去不了。"千舟又拿起一张传单，"我觉得这个还算正常。"

玲斗接过传单翻开，首先查看了费用。每月费用同样是二十万日元左右，但是竟然不需要入住费用。

只不过，跟刚才的老人院相比，这里列出的服务就差多了。护理人员并非二十四小时服务，医疗护理也包给了第三方机构。最关键的是房间很小，只有十五平方米。房间里有洗手间，但是没有浴室。

"这也太小了吧。"玲斗歪着头说,"而且医疗体系也不够完善。我觉得还是这个'光寿乡'更好。"他指着先前那张传单。

"不是说了那个住不起吗?"

"真的吗?这里费用虽然高,但也不至于住不起吧?我记得千舟姨妈你应该有不少积蓄。"

"你怎么知道我有不少——"千舟拧起了眉毛,"我怎么觉得以前有过同样的对话。难道是错觉?"

"不是错觉。当时我装傻充愣混过去了,但老实说,我大概知道千舟姨妈有多少存款。当然,现在可能比当时少一些了。"

"当时?"千舟想了想,随后了然地点点头,"原来如此。你接受过我的念来着。但我万万没想到,竟然连存款数额都传达过去了。"

"这句话让我来说可能有点奇怪。我觉得吧,你排除一切关于财产的念头,只传达柳泽家的理念恐怕有点困难。"

"看来是这样了。但是既然你知道了,就更应该明白,我住不起这么高档的老人院。"

"为什么?假设每月费用是二十万,一年二百四十万,算您再活二十年,就是四千八百万。"

"我可没打算活这么久。就算真的要住,你也得考虑入住费吧。"

"那就住五千万的房间,加起来大约一亿,这不是绰绰有余吗?"

"哪里绰绰有余了。你还忘了一件很重要的事情。我入住老人院后，这座房子还有月乡神社都需要管理维护。所有费用加起来，我还没死，存款就败光了。那以后该怎么办？"

"到时候再说不行吗？"

"当然不行。你该不会想真到了窘迫的时候，就卖掉这座房子吧。"

"我……"玲斗无言以对。因为千舟说中了。

千舟没好气地瞪了他一眼。

"不行。我不允许你卖掉这座房子。这件事我写在遗嘱上了，你就死心吧。"

"啊？"玲斗瞪大了眼睛，"您什么时候写了遗嘱……"

"等我发展成重度认知功能损害再写，岂不是晚了？"

"我知道了。房子不卖就不卖，我会想办法的。您就放心去住光寿乡吧。"

"你想办法？这种轻飘飘的话谁会信啊？中里警部补也说了，选择老人院必须慎之又慎。好了，这个话题到此为止。"千舟收起了传单。

"说到中里警部补，我有件事想请您帮忙。"

"什么事？"

"能让我听听你们当时的对话吗？您应该录音了吧。"

"是录了，但你为什么想听？"

"我猜，中里警部补已经察觉了抢劫案的真相。所以我想确认一下。"

"真相？"千舟露出了不可思议的表情，"什么真相？"

"真凶其实是佑纪奈同学。"

"佑纪奈？"

"就是跟元哉君一起创作绘本的女高中生。"

"那姑娘是凶手？"

"是的……"玲斗的语气淡了下去。因为他意识到，千舟已经把这件事给忘了。

千舟自己也猜到了这个问题，没有再说话。她拿起放在桌上的录音笔，递给玲斗。

"真的可以吗？"

"我知道这样很麻烦，但你过后一定要跟我讲清楚到底是怎么回事。在此之前，我也会回顾记事本上的内容。"

"知道了。"玲斗接过录音笔。

他走进自己的房间，顾不上换衣服，先把录音笔连上了电脑。

他很快就找到了那段对话：

"请问直井玲斗先生的薪水是怎么支付的？银行转账还是现金？"

"薪水……也不能叫薪水。你别看他那样，其实还是个学生。虽然上的是通信大学。你问这个做什么？"

"没有特别的意义，就是想到二位虽然在一起生活，但财务应该是分开的吧。如果您不方便说，那就不必回答。"

"没有什么不方便的。我每隔几个月就会给那孩子一笔钱。

因为我们彼此都挺怕麻烦的。"

"最近是什么时候给的？"

"嗯……应该是三个月前吧。"

"当时您给的是新钞吗？"

"是啊，我觉得工资就该跟过年的红包和平时的礼金一样，用新钞来支付。"

"原来如此。哎，光问这些琐碎的问题，真是太不好意思了。非常感谢您的配合。我就先告辞了。"

"没什么，我这边招待不周，还请见谅。"

玲斗操作电脑，停止播放。

他叹了口气，心里想果然如此。

中里拿出平板的目的不在于让人辨认上面的照片，而是采集指纹。

打伤森部的凶器是一个玻璃烟灰缸，上面很可能残留了指纹。中里应该是想采集指纹进行对比，从而找到凶手。

那么，他为何会盯上千舟、元哉和佑纪奈呢？那三个人的共同点就是跟玲斗有关系。警察之所以来月乡神社，并非因为久米田曾在那里躲藏过，而是因为玲斗在那里。

既然如此，他们为何不采集玲斗的指纹？原因很明显。警方的数据库里已经收录了玲斗的指纹。那是他上一次被逮捕时采集的。由此可见，警方已经对比过烟灰缸上的指纹，与玲斗的指纹并不一致。

但是还有一个问题，警方为何认定凶手就是玲斗身边的人呢？关键就在于他给佑纪奈的一万日元钞票。

"这是什么意思，你再说一遍？"千舟拿着记事本问。

玲斗舔舔嘴唇，重新解释道："我不是用五万日元买了佑纪奈的诗集吗？她虽然没有动用从现场拿走的一百万日元，但是用了森部那天给她的两万日元。于是她从我买诗集的五万日元里拿出两张，跟那捆一百万日元一起寄了回去。"

"这下我听明白了。记事本上也写了事情的始末。正因为这个行为，康作先生才被释放了，对吧。"

"本来事情到这里就应该圆满结束了，只可惜警方并没有放弃。不仅如此，他们很可能找到了重要的证据。那就是跟一百万日元一块儿寄回去的两张一万日元钞票。警方肯定分析过钞票上的指纹了。因为是新钞，收集指纹相对简单。"

"就是说我不该给你新钞？"

"不是这个意思。现在的痕检技术这么发达，就算是旧钞，要检出前科犯的指纹应该也不是难事。"

"前科犯？"

"就是我。只不过，如果在旧钞上检出了我的指纹，就不能排除那张钞票碰巧经过我手的可能性。但因为是新钞，上面附着的指纹较少，而且我怀疑，他们还在上面检出了与烟灰缸上的指纹一致的指纹。所以警方才会派人监视月乡神社，并且盯上了我身边的人。"

千舟按着太阳穴，一言不发地看着记事本。

刚才千舟对他说："等会儿吃了晚饭，你再继续说。"话虽如此，这案子的情况实在太复杂了，要说清楚可不容易。

玲斗看着她，有些担心她是不是已经无法理解这种程度的对话了。就在这时，千舟总算开了口。

"所以警方发现只有三个人碰过那两张一万日元钞票，其中一人是直井玲斗，对吧？那么，还有两个人是谁？"

"不，应该不能因此断定有三个人。因为在捆扎钞票时，至少要用两根手指反复触碰多次。"

千舟摇了摇头。

"最新的痕检技术还吸收了人体工学，会解析人手持物品的动作。因此，要从钞票上的指纹中分离出接触过的三个人，应该不会很难。再加上直井玲斗的十个指纹都被录入了数据库，剩下的就是简单地做减法了。"

"原来如此。"玲斗点了点头。别看千舟有轻度认知功能损害，有时却也能语出惊人。如果可能，他真的很想看看千舟脑子里都装了什么。

千舟抬手轻触脸颊。

"看来，警察盯上佑纪奈同学只是时间问题啊。"

"我也这样想。现在该怎么办呢？"

千舟直起身子，闭上眼睛，像是进入了冥想状态。

不一会儿，她睁开眼，点了一下头。

"总之，你先静观其变吧。"

"静观其变……"

"你不是还有很多事情要顾着吗？比如梅子大福，还有绘本。"

"话是这么说……"

"要是警方派人来问有关案件的事情，你就一概回答不知道。万一你被突破了，那就是满盘皆输。"

"我知道了。"

"还有一点，"千舟竖起食指，"你以后不准说自己是前科犯了。人家没有起诉，你就不算是前科犯。你可以反省自己的愚蠢行为，但绝不能自暴自弃。警方把未被起诉之人的指纹保留在数据库中，这本来就是不合理的。你应该感到生气才对。之所以不生气，是因为你先退缩了。给我记住，退缩就是不自爱。你肯定觉得自己就是个没出息的人吧？因为这样想更轻松。但是这世道容不下你这种动辄逃避的人。更何况你还是楠树的守护人。"

玲斗呆呆地看着语速飞快的千舟。他已经很久没见到这位姨妈如此激昂了。不过，这才是她真正的样子。

"我记住了。"玲斗说。

· 25

　　千舟让他静观其变的两天后，中里在傍晚时分走进了值班室。玲斗正在电脑上写报告，门突然开了。

　　他抬起头，夸张地皱起了眉。"你就不能敲一下门吗？"

　　"哎哟，抱歉了。不过你既然要敲门，就该在门上贴张'有事请敲门'的字条嘛。或者安个门铃。"

　　"我考虑考虑。"玲斗合上笔记本电脑，"所以，你有什么事吗？"

　　"你好冷淡啊，上回还请我喝乌龙茶来着。"

　　"是我疏忽了。这就给你准备。"玲斗站了起来。

　　"不是，我不是来喝乌龙茶的，你快坐下，快坐下。"中里连忙摆了摆手，顺便拉出一张空椅子，"我能坐这里吗？"

　　"请吧。"

　　中里坐下之后，轻咳一声，看向玲斗。

　　"今天上午，你的姨妈——柳泽千舟女士出现在了警署。"

　　"千舟姨妈？"

　　玲斗吃了一惊。他们今天还一块儿吃了早饭，却没听她提起过要去警署。

"你没听她说过？"

"没有。"玲斗回答道。

中里一副难以释怀的样子，过了一会儿才开口。

"她穿着一身特别精神的和服，走到前台张口就要见署长。前台问她有什么事，她说要谈春川町发生的抢劫致伤案。但是前台是个新来的小警察，不了解柳泽这个姓意味着什么，只以为是来了个奇怪的老太婆，就想把她打发走。当时警务课长正好在场，也认出了柳泽集团前名誉顾问的脸，立刻联系署长，然后把她请到了会客室。后来呢，柳泽女士的一番话让署长大吃一惊。"中里顿了顿，凝视着玲斗的脸，"你猜她说什么了？"

"她说什么了？"

"她说：'你们可能打算逮捕早川佑纪奈同学，但是请等待一段时间。如果能答应这个条件，我就会说明案子的真相。'我听说，她的态度特别坚定。"

玲斗深吸了一口气。万万没想到，千舟竟会使用如此直白的方式。

"署长当然是惊呆了。因为他刚刚接到报告，说早川佑纪奈被列为该案的嫌疑人，目前正在考虑请她过来接受盘问。"中里目不转睛地看着玲斗，"你知道警方为什么会盯上早川佑纪奈吗？"

"我不知道。"玲斗立刻回答。因为他想起千舟嘱咐过，无论警察问什么都说不知道。

"真的？"中里怀疑地看着他，"但是你看起来不是很惊讶啊。"

"我很惊讶，惊讶得反应不过来了。因为那怎么可能呢？佑纪奈同学怎么会是抢劫致伤案的凶手呢？她只是个普通的高中生而已。我真不明白千舟姨妈怎么会说那种话。"

中里舔了舔后槽牙。"很多犯罪都是普通人造成的。"

"话是这么说……"

"我们发现了很重要的线索，认定凶手很可能就是与这个神社相关的人。你也已经发现调查人员一直在监控这个地方，不是吗？我猜你肯定会觉得不痛快，但我们这么做也是有原因的。"

"什么重要线索？"

中里摇了摇头。"不好意思，我不能说。"

"如果是神社的相关人员，那最先怀疑的不应该是我吗？"

"可以说是，也可以说不是。其实我们手头还有一个重要线索，可以说是物证吧。那个物证可以证实，你与案子没有直接关系。"

"物证……"

"就是指纹。"中里摆了摆手，"凶手使用的凶器上附着了几个指纹，其中并没有曾因盗窃罪被逮捕，鉴于是初犯，且年龄较轻，与受害者达成了庭外和解，因此未被起诉的直井玲斗的指纹。"

显然，警方的数据库里还保留着玲斗的指纹。也许永远都不会清除。

千舟说他应该生气，但他并不准备在这个节骨眼上提出抗议。

"所以呢，我们决定彻底调查经常出入神社的人，尤其是出入值班室的人。长话短说，就是采集了他们的指纹。我知道你想说什么。你放心吧，未经本人同意采集到的指纹不会被上传到数据库，也不会用作庭审证据，只会用来帮助调查。我本以为这样就能很快解决，事实证明是我太天真了。我们犯了一个错误，误以为凶手是个男人，所以把采集指纹的对象限定在了成年男性。我们过于信任受害者森部俊彦的证词，没有考虑到他可能出现记忆混乱的症状，甚至故意做假证。正因为这样，才浪费了很多时间。"

"你让元哉君他们看平板，就是为了不论男女都采集指纹吗？"

听了玲斗的话，中里的表情有些扭曲。

"这都是为了抓到真凶。我也不想这样啊。不过还好这么做了，才能得到成果。"

"佑纪奈同学的指纹跟凶器上的指纹一致，对吗？"

中里恢复了严肃的表情，缓缓点头。

"老实说，我很惊讶。因为我真没想到凶手竟会是一个女高中生。事情既然已经变成这样了，我们也不能不调查。只是，一旦警方以抢劫致伤案嫌疑人的名义带走了女高中生，恐怕会惊动媒体。另外还有个疑点，就是受害者亲口说凶手是一名男性。署里正打算商量该如何谨慎行动呢，柳泽千舟女士就出现了。"

"那我姨妈说出真相了吗？"

"如果你是指那个匪夷所思的故事，她还真说了。你想知道内容吗？"

"当然想。"

中里冷笑着盯着玲斗看了一会儿，随即重振精神，挺直了身子。

"柳泽女士是这样说的：'早川佑纪奈为了补贴家里，经常与森部俊彦约会，接受他的金钱资助。说白了，就是认了个不正经的干爹。不过，他们并没有肉体关系，只是一块儿吃个饭而已。约会一次的费用是两万日元。有一天，森部没有请她去餐厅，而是把她带回了自己家。他的目的当然只有一个，那就是强行发生性关系。森部从抽屉里拿出两万日元交给早川佑纪奈，然后突然朝她扑了过去。早川佑纪奈受到惊吓，情急之下抓起手边的烟灰缸殴打森部的头部，把他打晕了。早川佑纪奈看见森部躺在地上不动了，以为他已经死亡，便在逃走前拿走了抽屉里的一百万日元，以伪装成抢劫杀人。然而森部并没有死。早川佑纪奈通过新闻得到这个消息，早已做好了自己马上就要被警方逮捕的准备。然而最后被逮捕的竟是久米田康作。久米田应该知道真相，但显然在包庇她。早川佑纪奈深受罪恶感的折磨，就把自己拿走的钱寄回了森部家，试图证明久米田并非凶手——'

中里像说书一样流畅地讲完整个故事，接着笑了起来。

"如果这是编造的故事，那我不得不说，编得太妙了。这样也能解释森部为什么说凶手是男性了。最让我佩服的是，这故事还解释了凶手寄回去的金额为什么是一百零二万日元。调查本部也在奇怪为什么会多出那两万日元，只是一直都找不到合理的解释。若柳泽女士说的故事是真的，那就说得通了。最不可思议的是，如果那就是案子的真相，柳泽千舟女士为什么会知道呢？柳泽女士说，那是她听某个人说的，而那个人背负着目睹世上一切不合理之事的命运。她还说，不能透露那个人的身份。"

中里还把千舟后面的演讲也复述了一遍。

"'所以，这个案件的真凶就是早川佑纪奈。你们想必不希望这个案子变成悬案，所以迟早会将她逮捕归案。只不过，这件事无须着急。就算现在逮捕了，恐怕也无法用抢劫致伤罪的罪名起诉她。顶多只能算盗窃和伤害罪。甚至连伤害罪是否成立都很难说。因为辩护律师肯定会在庭上主张这是正当防卫。我认为，森部俊彦被起诉猥亵罪和强奸罪的可能性更高。可以这么说，一旦你们获得早川佑纪奈同学的供述，案子的性质就会发生极大的改变。与其到时候手忙脚乱，不如先仔细想想警方该如何处理这个案子才算良策，这样对你们也更好。早川佑纪奈同学逃走的可能性等同于无。因为她目前已经把自己的青春赌在了梦想之上。在她实现梦想之前，我希望你们暂时不要动她。拜托了。'说完，柳泽女士深深地鞠了一躬。

"老实说，我很惊讶。那个人不是得了轻度认知功能损害吗？这是之前我去拜访时，她自己告诉我的。而且她确实经常翻动一个本子，看着挺像备忘录。结果今天呢，她看都不看记事本，就发表了这么一大通演讲。真是太让人佩服了。"

"柳泽千舟是个很厉害的人物。"玲斗故意称呼了姨妈的全名，"那么，警方的判断是什么？"

"署长说需要考虑考虑，然后把柳泽女士送出去了。她说的话确实很合理，但我们也不能轻易相信。需要经过调查才能采纳。接下来，我们就传唤了久米田，问他究竟在包庇什么人。虽然没有问出姓名，但他的话语间确实无形中坐实了是早川佑纪奈。他本人当然是矢口否认，但从态度就能看出他在说谎。于是署长和刑事课长他们商量了一番，决定先观察一段时间。毕竟我们也不想妨碍有前途的年轻人嘛。何况森部是当地的豪商，跟警视厅上层也有关系。柳泽女士似乎看出来了，才说警方需要一段时间仔细探讨该如何处理这个案子才是良策。话虽如此，我身为调查现场的负责人，还是想确认一件事。所以呢，我就来找你了。"

"你想找我确认什么？"

"柳泽女士口中那个背负着目睹世上一切不合理之事的命运的人，究竟是谁呢？会不会就是年轻的楠树守护人，也就是你？我没说错吧？"

"为什么是我？"

"柳泽千舟女士说的故事很有真实感，而且逻辑严密。也许与真相相去无几。那她是怎么得到这些信息的？别怪我，我真的不相信柳泽女士那些神神秘秘的解释。最后，我得出了一个答案。应该是早川佑纪奈自己说的。但是她与柳泽千舟女士没有直接关系。将那两个人联系在一起的人物，唯有一人。"中里竖起食指，然后指向玲斗，"早川佑纪奈把自己做的事情都告诉你了。对不对？"

玲斗很是为难。中里的推理说对也算对，但又不全对。他该怎么说才好呢？

"请你先回答我一个问题。你为何断定凶手是神社的相关人员……或者说，是跟我有关的人？"

中里扬起眉毛，把额头挤出几道皱纹。

"是啊，为什么呢？要不你推理看看？"

"是因为指纹……对吧？用标准信封寄回去的万元钞票上附着了指纹……"

中里高兴地笑了起来。

"你的脑子果然很不错啊。没错。信封里除了那捆一百万日元，还附上了两张一万日元钞票，而那两张钞票上都检出了你的指纹。"

玲斗叹了口气。"看来今后我最好戴着手套生活了。"

"只要不做亏心事，就没必要戴手套吧？"中里笑眯眯地说，"你知道案子的真相，对不对？"

"是怎么样，不是又怎么样？"

玲斗明知这样回答会露馅，还是忍不住脱口而出。

中里的表情骤然柔和下来。

"你告诉那两个人，有个警察叔叔很期待他们完成绘本。"

这句话把玲斗打了个措手不及，一时间不知如何回应。中里似乎很满意他的反应，笑着站起来，留下一声"再见"就要走出去。但是没走两步，他又停下来回头说："你知道《简·爱》吗？一本英国小说。"

"没听说过。"

"我猜也是。"中里点点头，"正好十年前，我的老母亲住进了老人院。再往前三年，她的阿尔茨海默病开始恶化。她自己也很痛苦。我猜她一定是想尽了办法延缓病情发展，甚至想背诵《简·爱》的全篇原文。因为我母亲以前是初中英语老师。最开始还很顺利，她会把书递给我，让我帮她看着有没有出错，然后能一口气背上二十几页，一点错都没有。后来，她能背出来的页数越来越少，直到有一天，她连小说第一句话都想不起来了。那应该是个特别大的打击吧。再后来，她就不背了。没过多久，她就连我都认不出来了。"

他的语气很轻快，像是在讲述美好的回忆，但是内容实在过于沉重了。玲斗听完，心里也感到万分苦闷。

"你会经常去探望自己的母亲吗？"

"不会。"中里摇摇头，"有段时间没去了。毕竟她都不知道我是谁，去了也没有意义。"

"是吗？"

"柳泽千舟女士今天的演讲很精彩。但那并不意味着她明天也能做到——"

"我明白的。"玲斗打断了他的话，"没关系，我已经做好准备了。"

"……是吗？那就好。"中里点点头，抬脚走了出去。

听完玲斗的汇报，千舟的表情没什么变化。

"这样啊。原来警察答应再等一段时间了啊。那太好了。"说完，她平静地朝着什锦蔬菜伸出筷子。

"您之前吩咐我被问到什么都说不知道，但我没能坚持住。对不起。"玲斗捧着饭碗和筷子，低下了头。

"嗯，那也没办法。毕竟我早就猜到中里警部补会去找你。"

"那您怎么不提前告诉我呢？我都快吓死了。"

"身为楠树守护人，具备这点随机应变的能力不是理所当然的吗？"

玲斗缩了缩脖子，把茄子塞进嘴里。

"您选好地方了吗？"

"地方？"

"老人院啊。"

千舟的动作停了下来。她眼中闪过几缕不安，随即放下筷子，拿起了旁边的记事本。她翻动记事本寻找玲斗那句提问的来历，就像迷路的孩子那样无助。

片刻后，千舟抬起了头。

"是啊，该考虑老人院了。我收集的那些传单都放在哪儿了？"

"都放在那个柜子里了。"玲斗指着靠墙摆放的小边柜。

"是吗……那我待会儿看看吧。都有什么样的老人院呢？"

显然，她已经完全丢失了之前看传单的记忆。甚至没有记录自己跟玲斗的交谈。

"那个……"

"怎么？"

"千舟姨妈当时很喜欢一个叫光寿乡的老人院。我也觉得那里很好。"

"光寿乡？行，我记住了。"

千舟放下记事本，拿起筷子。

· 26

　　玲斗坐在折叠椅上，凝视着值班室的墙壁。那上面已经贴了二十多张画，每张画底下都贴着打印出来的字条。字条的内容，自然是绘本的故事。佑纪奈和元哉说，故事的进度已经到九成左右了。玲斗觉得只剩下一成，应该很快就能完成了，两个孩子却说事情没这么简单。

　　他们还在发愁，楠树女神究竟要给少年看到什么样的未来。由于实在想不到主意，佑纪奈甚至考虑过改掉女神展示未来的设定。但是经过一番试错，他们得出的结论是设定绝对不能改，于是又回到了苦思冥想故事情节的状态。

　　背后传来拉门的声音。他回头看，发现是元哉。

　　"您是……直井先生，对吧？"他略显犹豫地问道。跟第一次一样，在完全熟悉之前，元哉说话一直都很恭敬。

　　"你好啊。"玲斗笑着说。

　　元哉走进值班室，抬头看着墙上的画。

　　"停在这个阶段已经有将近一个月了呢。"

他在谈论自己正在做的事情时，还是一副事不关己的语气。

"创作故事其实不容易啊。"玲斗说。他是真的事不关己，所以说得很轻松。

"结局如何还要看佑纪奈姐姐的意思。不过看前面的日记，好像我也出了一点主意。"

"何止是一点，你可积极了。有时候甚至要吵起来呢。"

元哉苦笑着坐了下来。

"很自不量力，对吧。明明有记忆障碍。"

"创作绘本的时候，我一次都没看见你表现出什么障碍。所以我每次都特别感慨，你真了不起啊。"

"哈哈哈。"元哉干巴巴地笑了几声。

"有一天的日记上写了，直井先生很擅长夸人。"

"哪里哪里，我是真心的。"

元哉还要反驳，下一个瞬间却泄了气。

"日记上还写了，直井先生是我的恩人。是你让我看到了活着的意义。"

过于沉重的话语让玲斗慌了手脚。

"哎哎哎，你饶了我吧。把我捧那么高，以后我还敢犯蠢吗？连站着尿尿都不敢了。"

元哉露出温和的笑容，目光重新看向墙上的画。

"未来……啊。佑纪奈姐姐会让少年看见什么样的未来呢？"

喃喃的话音落下，外面传来了敲窗户的声音。看见是佑纪奈，玲斗指了指拉门。

佑纪奈开门走进来，轻声说了句："你们好。"

"你的搭档都等不及了。"玲斗让她坐下。

"你好。"元哉鞠了一躬，看着佑纪奈的目光有些闪烁。

玲斗从冰箱里拿出可乐和乌龙茶，连同两个杯子一块儿放在了桌子上。看看时间，已经是下午一点多了。

"请慢用。"玲斗打完招呼，就走出了值班室。

走到院子中间，他拿出手机拨打电话，很快就听见了冴子的声音。

"两个孩子已经坐在值班室里了。"

"我知道了，这就过去。"

结束通话，玲斗又走到了鸟居底下。尚未站定就看见三个人走上了台阶。是冴子、藤冈，还有大场壮贵。藤冈还抱着个方形的盒子。

三个人到达后，对玲斗行了一礼。"辛苦你了。"

"直井先生，这次真是太感谢你了。"冴子说。

玲斗看了一眼藤冈怀里的盒子。"那是什么？"

藤冈打开盖子。"经过千辛万苦，我们终于完成了。"

盒子里摆着四个大福。白色的表皮透出翠绿色的馅料。里面应该就是梅子甘露煮。

"是那个味道……对吧？"

"应该是了。"藤冈小心地合上盖子，与冴子对视一眼，"我们俩已经尝了很多次，不会有错。"

冴子点点头。"我觉得没问题了。"她的措辞很委婉，但是语气很自信。

"那就快拿过去吧。元哉君可能会吃惊，但一定会高兴的。"

"好。"冴子说完，对藤冈点了点头。于是藤冈迈开了步子，冴子也跟了上去。

目送二人离开后，玲斗看向壮贵。

"壮贵先生，真是太感谢你了。要是没有你帮忙，这件事绝不可能成功。针生女士和藤冈先生应该也感谢过你了，但还是请让我也说一声谢谢。"说完，他深深鞠了一躬。

"我之前就说过，你不必这样。你再这样我可就生气了。"

听见他真的要发怒的语气，玲斗直起了身子。壮贵又苦笑道："而且现在高兴还太早了。那两位虽然已经对自己做的梅子大福满意了，但还不确定元哉君会认可。别看他们高高兴兴地进了值班室，一会儿出来搞不好就变成垂头丧气了。"

玲斗闻言，忍不住撇了撇嘴。

"要真是那样，该怎么办啊？"

"还能怎么办，只能从头再来了。"

玲斗捂住了脑袋。"我不敢想象那个场面。"

"不过我觉得没问题。"壮贵的语气里透出了一丝自信。

"真的？"

壮贵点点头。"因为他们俩去了一趟北海道。"

"北海道？干什么去？"

"因为馅料。"

"你说大福的馅料吗？"

"当然了。之前怎么都做不出正确的甜味，藤冈先生就提出馅料里用的可能不是白砂糖，而是蜂蜜。于是他们换了蜂蜜继续尝试，味道一下就接近了好多。只不过，跟目标中的味道还是差了一些。毕竟蜂蜜也分好多个种类嘛。每个厂商出品的蜂蜜都不太一样。然后你猜他们俩做了什么？"

"不知道。做了什么？"

"他们去调查了那个山田甘味处，像警察办案一样在店铺的原址周围打听关于店主的消息。最后，他们查到店主夫妻俩都来自北海道，而且他们做和果子的材料也多数从北海道进货。接着，他们俩就找到经营北海道蜂蜜的公司，询问是否处理过山田甘味处的订单。没想到还真的有记录，这就查到了老夫妻俩定期采购北海道的荞麦蜂蜜。所以，答案就是荞麦蜂蜜。"

"哦？"玲斗甚至没听说过那种蜂蜜，不过在这种时候，是什么都无所谓，"那挺好啊，只要照着用就行了。"

"然而事情没有那么简单。因为那个公司已经不经销那种蜂蜜了。原因是出货量变少了。不过直到现在都还有生产荞麦蜂蜜的工厂。于是二人为了拿到那种蜂蜜，亲自去了北海道一趟。好不容易拿到荞麦蜂蜜，做成馅料后一尝，就完美重现了山田甘味处的味道。"

"好厉害啊。"玲斗说完，摇了摇头，"要做出那个梅子大福，他们肯定吃了不少苦吧。"

"我猜啊，他们吃的苦还不止这些。因为制作和果子是一门很深奥的工艺。不过，他们都没有吐过苦水，而且始终齐心协力、目标统一。"

"嗯，确实是啊。如果只是为了自己，他们恐怕不会那么努力。"

玲斗看了一眼值班室。"也不知道里面怎么样了……"

"要不去看看吧。"壮贵迈开了步子。

二人走向值班室。幸运的是，里面的窗帘是敞开的。他们隔着窗户远远打量，只见靠窗的位置上是冴子和藤冈的背影，对面则是满脸笑容的元哉与佑纪奈。

在被他们发现前，玲斗二人远离了值班室。

"看来很顺利啊。"壮贵说。

"嗯，我放心了。"

"话说回来，为什么佑纪奈同学也在啊？我还以为他们打算一家三口品尝梅子大福呢。"

"有两个理由。首先，她是绘本的共同作者。其次，这也是本人的意愿。"

"本人是谁？"

"当然是元哉君啊。"玲斗笑着说，"他的父母在受念时知道了这个念头，也就是元哉君现在最想跟什么人待在一起。他们还笑着说，可惜并不是他们自己。"

"原来如此。那挺好的。既然都挺好的，咱们也去喝一杯吧？"

"现在去？还是白天呢。"

"那有什么不好的。喝酒庆祝不需要在意时间。不过我可事先说清楚了——"

"知道了，我请客。无论是村尾还是森伊藏，都随便你喝。"

"行，那我就不跟你客气了。"

二人穿过鸟居，走下了台阶。

· 27

致明日的我：

　　今天，月乡神社发生了两个奇迹。第一个奇迹，是我的爸爸和妈妈都来了。他们说我的生日快到了，想为我庆祝。我已经不知道多久没看到他们一起出现了。

　　第二个奇迹，是礼物。看到父母送我的礼物，我惊呆了。

　　是那个大福。里面有青梅的大福。

　　我吓了一跳。因为我没想到，竟然真的能做出来。

　　上个月的日记里写着，我走进大楠树里做了祈念。那棵大楠树拥有神奇的力量，可以把我脑子里的想法传达给家人。

　　听他们说，在某天晚上，我向大楠树传达了大福的味道。妈妈接受了我的念，把梅子大福重现出来了。

　　不过直井先生当时叫我别把这件事写在日记里。因为不确定能否成功，担心我的期待会落空。

　　只是，那天晚上我并没有听从直井先生的建议，把事情都写了下来。

那天的心情，今天的我也特别理解。

妈妈要给我做那个大福了。仅仅是这种心意，我已经感到很高兴。因此，我想把这种心情传达给明天的我。

不过，我并没有期待什么。我只觉得那不是轻易能完成的事情。

现在，大福真的完成了。而且我听到爸爸也帮了忙，差点哭出声来。

真正尝过后，我更惊讶了。真的是那个大福。是我们一家三口以前吃过的大福的味道。

我再也忍受不住，哭了起来。妈妈也哭了。再看旁边，连佑纪奈姐姐也在淌眼泪。

我不禁想，真的好幸福啊。我已经别无所求了。

就在那时，我猛地回过神来。

我不需要未来。今后无论发生什么都无所谓。我不需要知道。

真正重要的是现在。

我对佑纪奈姐姐说了这个想法。佑纪奈姐姐虽然很吃惊，但还是说："有道理啊。"

· 28

假如你能回到过去，请设计一套昭和初期的日本经济政策方案——

看见这个题目，玲斗有些莫名其妙。为什么是昭和初期？

这么说来，前些天的远程授课上好像提到过这个。说什么受到了军国主义的影响。他当时做了笔记，但没怎么听懂。看来只能回顾笔记了。不过，难道回顾了就能理解吗？

星期五的下午，玲斗在值班室里对着电脑。不过，他已经对着空白的文档沉吟了许久。《经济政策学》是他的专业必修课，只是里面的用语过于晦涩，他光看教科书就已经耗尽了全身的力气。这么一番折腾下来，交稿的日子就逼近了。而且，还要写昭和初期的日本经济政策方案？他很想说，鬼才知道。

明明只是盯着电脑看，他已经觉得腰酸背痛。他举起双臂正要伸个懒腰，就听见旁边的手机响了起来。只要能让他逃离这痛苦的学习时间，无论谁打的电话他都特别欢迎。于是，他立刻抓起了手机。

屏幕上显示来电人是针生元哉。玲斗吃了一惊。这应该是元哉头一次打电话给他。

他接通电话，招呼道："你好，我是直井。"

"啊……那个，我是针生元哉，嗯……您应该认识我吧？"

"当然认识了。你应该也知道我吧？"

"是的。我们上个星期六还见过面，对吧？"

"那天你父母也来了，带着梅子大福。"

"是的。"元哉小声回答。

"多亏您的关照了。我父母也说这都是托直井先生的福。"

"行了，你不用这么抬举我。莫非你打电话来，就是专门说这个的？"

"我觉得必须给您道谢。不过，也不只是为了道谢。其实我有个小小的请求。那个，我现在可以去找您吗？"

"请求？你是说绘本吗？"

"绘本……可能也有点关系吧。"

"……可能？"

看来是电话里说不清楚的事情。

"好啊。"玲斗回答，"我就在值班室，你可以随时过来。"

"谢谢您。那我等会儿就过去。不好意思，占用您的时间了。"元哉说完就结束了通话。虽然二人已经见过不少次，但他并没有记忆。在通电话的时候，他的语气就更恭敬了。

大约三十分钟后，元哉来了。他看见玲斗，眼中闪过一丝熟悉，想来是记得他的长相。

"首先我要向直井先生道歉。"元哉坐下后，一脸认真地说。

"哦？为什么要道歉？"

"因为我没有遵守跟您的约定。"

"约定？什么约定？"玲斗歪着头问。他是真的想不起来。

"就是大楠树。那天我向大楠树祈念，把大福的味道传达给母亲。您当时要我别把这件事写在日记里，但我还是写了。因为我猜测大福可能做不成功，又很珍惜母亲的心意，很想把它传达给明天的自己，就写了下来。另外，我也觉得如果就这么忘了，实在对不起母亲。"

"原来你是说那件事啊。"

玲斗对缩着脖子的少年笑了笑。

"没必要向我道歉。既然写进日记了，那你应该知道，我这么说只是考虑到大福有可能做不成功，怕你会伤心。不过现在呢，大福成功了，而且你父亲也出了一份力，这不是可喜可贺嘛。"

"是的。那天看见我父亲也来了，真的很惊喜。不仅如此，他还一起做了大福，我真的到现在都不敢相信。看了上个星期六的日记，我特别感动。想象到那天的我跟父母一起吃大福，今天的我就羡慕得不得了。这件事虽然写进了日记，但我没有那天的记忆，太遗憾了。"

元哉的话可谓是掏心掏肺了。玲斗只能默默点头，同时心里嘀咕：而且那天佑纪奈同学也在呢。

"然后我就有了个想法。这种时候更应该借助大楠树的力量了。"

"大楠树的力量？你要怎么用？"

玲斗话落，元哉得意地扇了扇鼻翼，像是要发表一个绝妙的主意。

"今后要是有同样美好的事情，我就马上进入大楠树，把脑子里的记忆都传达给大楠树。如此一来，就算以后忘记了，只要去大楠树里受念，就能重新拥有当时的记忆了。"

"啊，原来如此。"

这确实是个好主意。玲斗甚至奇怪自己怎么就没想到呢。

"是不是很不错？"

"是很不错。但有一个问题，就是必须配合寄念的时间。楠树只有新月和一前一后那两天能进行寄念，谁也不能保证美好的回忆恰好能发生在那些日子里。"

"我知道。所以只要有了值得回忆的好事，我就立即联系直井先生，问问什么时候能够寄念。在那天夜晚到来之前，我会努力不睡觉。"

"啊？"玲斗瞪大了眼睛，"那可不行。"

"可是我一睡着，记忆就会消失……"

"这我知道，但不睡觉对身体有害。如果只是两三天可能没什么问题，如果离新月还有一个星期，你该怎么办？"

"那我就尽全力不睡觉，实在撑不住了就来寄念。就算还没到新月，我也不会放弃。那样说不定也能传达一点给大楠树呢？"

"真的只能这样吗……"玲斗仔细想了想，不知道有什么更好的办法。

"就这么定下了，以后我可能会突然来找您寄念。今天联系您，就是为了说这件事。"

"知道了。我这边也可以空出一些日子不接受预约，方便接待急客。以后我就多留些这样的日子吧。"

"对不起，麻烦您了。"元哉鞠了一躬。如果换作平时，他聊着聊着就会忘掉敬语，今天倒是一直都很恭敬。

"绘本那边怎么样了？明天就是星期六了。"

"应该没什么问题。"元哉点点头说。

看着少年的脸，玲斗心中一阵奇怪。这孩子之前还一副绞尽脑汁寻不到出路的模样，现在的表情却散发着自信的光芒。

"终于要突破瓶颈了吗？"

"暂时还不知道。不过上个星期我跟佑纪奈姐姐商量过一个点子，也许她明天就能带来新的故事了。"

"这样啊。那太好了。所以，你们只差一点就能完成啦？"

"是啊，走到这一步真不容易。我现在很期待动笔描绘最后的插画。不过，也有一些不舍……"元哉腼腆地笑了笑。

看他的表情，玲斗猛地明白了元哉说话为什么变得如此恭敬。

少年向着大人又迈出了一步。

入夜之后，玲斗回到了柳泽家。他打开客厅门，朝着与之相连的厨房方向喊了一声:"我回来了。"但是,没有人回应。一般这个时候,千舟应该在准备晚饭才对。

他走进厨房看了一眼,千舟不在里面。似乎也不在洗手间。灶台上则看不见任何正在烹调的东西。

只有厨房台面上放着一个超市的塑料袋,里面有萝卜和鱼段。鱼是鲥鱼。收据就放在旁边,上面显示的交易时间是今天傍晚。所以千舟是回来把东西放下就没动过了吗?

玲斗走向千舟的卧房,站在门前喊了一声:"千舟姨妈,我是玲斗。我回来了。千舟姨妈,您在里面吗?"

没有人回应。玲斗轻轻打开房门。

屋里没有亮灯,光线十分昏暗。但是能看出地上铺着褥子。他觉得千舟就躺在被窝里。

"千舟姨妈?"他又喊了一声。

鼓起的被子动了几下,千舟探出头来。

"哦,玲斗啊……"她的声音沙哑,听起来有气无力,"怎么了?"

"我见您没在厨房,有点担心……您不舒服吗?"

"厨房?现在几点了?"

"刚过七点。"

"是晚上……的七点吧?"

"是的。"

"糟糕。"千舟撑起了身子,"我还没准备晚饭呢。"

"已经很晚了，不如点快餐吧？"

"你要叫外卖吗？那多浪费啊。我这就去做。"千舟钻出被窝，在单衣上披了一件针织衫。

玲斗走向自己的房间，心中稍安。看来没有出什么大事。也许千舟只是买了菜回来觉得有点累，想着眯一会儿，结果就睡着了。

他换上家居服走进客厅，却没听见厨房传来做饭的动静。玲斗疑惑地走过去查看，却见千舟定定地看着塑料袋里的东西。

"怎么了？"

千舟缓缓看向玲斗。

"这不是你买回来的吧？"

玲斗心中一惊。

"嗯，不是我买的……"

"这样啊……那应该是我买的了。"

"您不记得了吗？"

"是啊。"千舟无力地点点头，"一点都不记得了。"

"根据材料猜测，您应该想做萝卜炖鲥鱼吧。"

"对啊，那我得快点做了。"

千舟拿出袋子里的东西摆在台面上，下一刻却停下动作，目光迷茫地失去了焦点。

"怎么了？"

千舟摇了摇头，整个人好似风中的枯叶。

"不知道。我想不起来萝卜炖鲥鱼怎么做了。"说完，她就软倒在了地上。

玲斗连忙跑过去。"您还好吗？"

千舟抚着额头，做了好几个深呼吸。

"我好像跟刚才一样……"

"刚才？"

"我准备做饭，但是什么都做不了，突然很难受，就去了房间……"

原来是这样啊。玲斗瞬间了然。千舟一定是无措地钻进了被窝，结果就睡着了。

"我扶您过去休息一会儿吧。"

玲斗扶着千舟站起来，支撑着她走进客厅。

落座之后，千舟耷拉着肩膀，长叹了一声。

"真没出息啊。我本以为做饭这种事根本就不用动脑子，没想到得了痴呆症，连饭都不会做了。"

"千舟姨妈，您得的是 MCI，不是痴呆症。"

千舟抬起头，苦涩地笑了笑。

"真对不起啊，我已经是个没有用的老太婆了。一直在你眼前晃悠只会碍事，还是早点想办法吧。"

"您别这么说。您还好着呢。"

"现在还好，就是说将来有一天会不好吧。那天也许就是明天，难道不是吗？"

玲斗无言以对。

千舟又开口道："对不起，我这么说只会让你很为难吧。玲斗，你肚子饿了吗？去叫外卖吧。"

"千舟姨妈想吃什么？"

"我什么都行，你点你想吃的就好。"

玲斗掏出口袋里的手机。他倒是有几家可以点外卖的店，但是余光扫到垂头丧气的千舟，他又有了别的想法。

"千舟姨妈想吃萝卜炖鲕鱼对吧？那就吃吧。"

千舟缓缓抬起头。"那东西有外卖吗？"

"不是点外卖，而是现在开始做。"

千舟痛苦地皱起了脸。"我不是说了做不出来嘛。"

"你只是忘记了制作方法，对不对？那我们就查呀。上网一查就知道了。我也来帮忙。"玲斗站起来，走到千舟身后，"来，我们快去吧。"

"等等，你说得好听，我又不知道……"

"我也不知道啊，所以咱们一块儿学不就好了。总之，先回厨房吧。"

走进厨房后，玲斗用手机查了萝卜炖鲕鱼的菜谱。页面上显示了不少，他挑选了最简单的那个。

"我来处理萝卜和鲕鱼，千舟姨妈负责准备煮汁。只需要把水、酱油、酒和白砂糖混合起来就行了。每种调料的量照着这个放。"他滑动到材料栏，把手机放在灶台边上。

"我不吃这个也无所……"

"不行，今天必须做萝卜炖鲥鱼。是我想吃。咱们开始做吧。"

千舟犹犹豫豫地盯着手机屏幕看了一会儿，然后打开了台面侧边的柜子。里面摆着各种调料。

"太好了，我没忘记放调料的地方。"

"所以我刚才说了，您还好着呢。"

千舟看着手机屏幕忙活起来了。她的动作跟平时截然不同，显得格外生涩，像是第一次做科学实验的小学生。

大约一个小时后，萝卜炖鲥鱼做好了，米饭也出锅了。

两个人坐在餐桌旁开饭。千舟尝了一口，眼神亮晶晶地说："真好吃。跟平时的萝卜炖鲥鱼味道有点不一样，但是很好吃呢。我甚至觉得这个更好吃。"

"证明我们成功了呀。"

"你切好萝卜后，先用微波炉转过一遍才下的锅吧？"

"菜谱上说这样更容易炖透。"

千舟用筷子切开萝卜，叹了口气。

"真的又软又烂……我都不知道还有这种妙招呢。好讽刺啊。不幸忘记了做饭的方法，结果竟用更快的时间做成了更好吃的饭菜。这么想来，就算忘记一些事情好像也不是什么坏事了。反正原本记着的都算不得多好。"

她这些自嘲的话语显然不是出自真心。玲斗既没有赞同也没有反对。

"对了，我想向您请教关于大楠树的事情。"

"什么事情？"

"寄念之后能够由本人受念吗？"

千舟困惑地皱起了眉。

"自己接收自己的念……为什么要这么做？"

"是为了保存重要的记忆。比如发生了一件好事，把它传达给大楠树，那么即使自己忘记了，也能通过受念取回崭新的记忆。"

千舟放下筷子，严肃地看着玲斗。

"那是为我想的主意吗？你想让我趁着脑子还算正常的时候进行寄念，等到真的痴呆了再取回记忆？"

"不是，我没有，我只是在想到元哉君的时候突然有了这个主意……"

"元哉君？"

"针生元哉——睡着后记忆就会消失的少年。"

千舟似乎想起来了，了然地点点头。

"怎么样，这可行吗？"

"如果你问是否可行，那确实可行。"

"果然可以啊。"玲斗忍不住笑了。

"但只能做一次。"

"一次？"

"寄存在大楠树中的念可以说是半永久性保存的。但有两个例外。一是同一个人重复寄念，念就会被更新，用现在的说法就是升级新版本。二是本人亲自受念，念就会彻底从楠树中消失，其后任何人都无法再受念。"

"这样啊……"

"所以就算要使用这个方法取回记忆，也只能做一次。没有第二次。虽不算是禁忌，但如果真的要这么做，就得考虑好后果。这是你身为守护人的职责。"千舟用训诫弟子的表情说完这番话，拿起筷子灵巧地夹了一块萝卜。

· 29

翌日，元哉来到值班室后，玲斗把千舟昨晚说的话复述了一遍。

"所以，就算你存下了美好的回忆，也不能重复受念。真可惜啊，本以为是个好主意来着。"

元哉也遗憾地皱起了眉，但并没有表露出很失望的模样。

"果然没这么简单啊。今天看日记时，我也觉得这主意很不错，要是能实施就好了。不过，还是能做一次受念的吧。"

"按理说是的。"

"既然如此，那也就够了。我把重要的回忆存在大楠树里，随时都可以取出来——光是知道这一点，我就很高兴了。直井先生，等以后发生了好事，就拜托你啦。"

"嗯，当然没问题。"

没过多久，佑纪奈也来了。她打着招呼走进值班室，表情比任何时候都要僵硬。

"故事想好了吗？"元哉问。

“嗯。”佑纪奈点点头，“你要听吗？”

“当然要！”

看来这不是他站在这里碍眼的时候。玲斗想着，准备好饮料后，拿着打扫用具离开了值班室。

他花了大约两个小时打扫院子，然后回到了值班室。他本来打算，如果两个孩子还在制作绘本，就不进去打扰了。但是元哉看见玲斗，立刻开口道：“你来得正好。”

“啊，什么？”

“我们正商量着出去叫直井先生呢。”佑纪奈说，“我们终于想好了绘本的故事，元哉君还画了最后的插画，应该下个星期就能完成了。”

“真的吗？厉害啊。”

“于是，我们希望在绘本完成之前，先请直井先生看看，提出一些客观的意见。”

“我？我不行的。”玲斗摆摆手，“对我来说这个担子太重了。我可提不出什么意见。你们还是找别人吧。”

“你只要看看就好了。”元哉说，“我们真的想请直井先生看看，拜托了。”

二人齐齐鞠躬，让玲斗惶恐不已。他想不出拒绝的借口。

“如果只是看一看，那就……”

二人对视一眼，同时笑了起来。“拜托你了！”佑纪奈把一沓纸推到了玲斗面前。里面既有文稿纸也有画纸，文稿纸上写着文字，画纸上则是颜色鲜艳的画作。

玲斗坐下来，拿起那沓纸，不经意间碰上了佑纪奈严肃的表情。

"别盯着我看啊，我都集中不了精神了。"

"啊，对不起。"

"佑纪奈姐姐，我们出去吧。"元哉说。

"好吧。直井先生，你看完了记得叫我们一声。"

"知道了。"

二人离开后，玲斗重新看向稿子，略显紧张地拿起了第一张。

故事的开篇写道："阳光毒辣，一名少年行走在沙漠上。"画纸上有一串脚印，脚印的尽头是一个少年的背影。

玲斗看着画，继续打量文字。

"少年陷入贫困，又经历了身边之人的死亡，慢慢地失去了梦想。他知道世上有一位女神能让人看到自己的未来，便踏上了寻找她的旅程。穿过沙漠之后，便是险峻的山路，前方还有浓密的丛林等待着他。"

这部分故事他之前已经听过了。佑纪奈的文字简单流畅，又很吸引人。而元哉的画则充满了魄力。

但是，玲斗的冷静只持续到了这里。十几分钟后，他读完结局，转身冲出了值班室。

"佑纪奈同学，元哉君！"他大声呼唤道。

站在鸟居旁的二人小跑着过来了。

"怎么样？"佑纪奈问道。她涨红了脸，表情有点僵硬。旁边的元哉也一样。

"太厉害了。"玲斗说，"我完全没想到竟会是这样的结局。太惊讶了，也太感动了。你们真的很厉害，简直是天才。"

"故事都是佑纪奈姐姐想出来的。"

听了元哉的话，佑纪奈立刻摇头。

"是元哉君给了我灵感。吃大福时，你说的话让我茅塞顿开了。"

"真的吗？"

"我好像没说什么特别的话啊……"元哉羞涩地说。

玲斗张开双臂。

"何必在意那些呢。总之，你们的绘本太棒了。我这人向来不懂得欣赏文艺作品，但我觉得，无论什么人读了你们的绘本，都会特别高兴。对于这点，你们要有自信。"

"谢谢你。直井先生这样说，我就彻底放心了。这下，我就再也没有遗憾了。"佑纪奈露出了释然的表情。

"你这是什么意思？"

"嗯，就是……"佑纪奈舔舔嘴唇，继续道，"就是创作出了自己满意的作品。我觉得现在已经尽善尽美了。"

"原来是会心之作啊。"

"是的。"佑纪奈说完，看向元哉，"机会难得，不如我们把那件事也跟直井先生说说吧？"

"有道理。"

"那件事是什么事？"

"我早就跟元哉君说过了，等到绘本完成，要一起庆祝。不过也不是什么很夸张的庆祝，只是邀请一些照顾过我们的人，搞个小小的聚会。"

"要搞庆祝会啊。会分发做好的绘本吗？"

"最好能这样，但是要制作足够分发的绘本，恐怕要花点时间。所以我们觉得，可以先搞一场朗读会，用幻灯片播放插画。"

"嗯，这也是个好主意。"

"但我们不知道去哪里找会场。直井先生，你知道吗？"

"会场啊……"

这么说来，他好像跟别人也讨论过朗读会吧。玲斗回忆了一会儿，终于想到发生话题的地方，同时脑中闪过了一个主意。

"既然如此，我有个提议。"玲斗看向佑纪奈和元哉。

正在喝茶的千舟抬起头，挑了挑右边眉毛。"在公民馆开朗读会？"

"是的。"玲斗激动地回应道，"我觉得举办快乐咖啡日那个小厅正好够大，使用费应该也不高。您觉得呢？"

千舟垂下目光，放下了茶杯。

"既然你这么想，那就试试吧。那地方能用来举办认知障碍咖啡馆的活动，价格应该挺实惠的。如果早点预约，也不难订到地方。"

"您同意吗？太好了。"

"我没有理由反对你。那两个年轻人合力创作了绘本，为此开一场庆祝会是个很好的主意啊。而且他们竟然把准备事宜交给你了，这让我很惊讶。明天早晨上香时，我会把这个好消息告诉美千惠。"千舟认真地说。美千惠是她的亡妹，也是玲斗的母亲。

"其实还有另一件很重要的事情。"玲斗挺直了身子。

"什么事？"

"元哉君他们说，既然要开朗读会，干脆不要自己读，而是找更合适的人来读。然后，他们就问我有没有人选。"

千舟露出了警惕的目光。"然后呢？"

"我告诉他们，我这里有个很合适的人选，会先去问问那个人。"

"你说的是谁？"

"当然是千舟姨妈您啊。"玲斗双手放在腿上，深深鞠躬，"拜托您答应吧。我觉得千舟姨妈最适合朗读他们的绘本了。"

千舟哼了一声，转过头不看他。

"我还以为你想说什么呢。之前也说了，我不擅长那种事，甚至很讨厌。你可别把我牵扯进去。"

"但是上回咖啡馆的米村婆婆不是说了嘛，朗读绘本能预防认知功能损害恶化。我觉得，出席朗读会对千舟姨妈有好处。"

千舟冷冷地看着他。"如果这种事就能预防认知功能损害恶化，那不就等于天上掉馅饼吗？"

"什么都没做就决定答案，这一点都不像千舟姨妈的性格。"

"不像我的性格？"千舟的脸色瞬间就变了，"你这语气好像在小瞧我啊。你很了解我吗？别说大话了。"

"医生不是也说过，让您多多参与社会活动吗？您就考虑考虑，当成出去散散心嘛。我真的很想请千舟姨妈去读绘本。"

千舟摇了摇头。

"不要。我不想做。"

"为什么？不就是读书吗？千舟姨妈应该没有不擅长的事情。您在大公司当了那么多年的高层领导，肯定不怕在很多人面前讲话吧？我还听说您在警署发表了一番精彩的演讲呢。所以说，您为什么这么排斥这件事呢？"

"高层领导……呵，没想到你现在还挺会说话了呀。我看你也很擅长演讲，怎么不去朗读呢？"

"我去朗读就没有意义了。"

"我去也一样。去了也只是害怕认知功能损害的老太太在做无谓的挣扎而已。当着这么多人献丑，能哄谁高兴呢？创作绘本的那两个人恐怕也不会高兴。"

"不会有人觉得那是无谓的挣扎。您为什么要这样说呢？我都是为了千舟姨妈好啊。"

"为了我？"千舟瞪大了眼睛，"好大的口气啊。但是不好意思，你多管闲事了。还是放过我吧。"

千舟站起来，走出了房间。房门发出一声闷响，接着是渐行渐远的脚步声。

玲斗愣愣地看着紧闭的房门。

他当然不觉得千舟会一口答应，甚至预料到她会以老年人不该去抛头露面的理由拒绝。但他还是很乐观，觉得只要好言相劝，她就会答应。万万没想到，她竟然生气了。

千舟究竟在气什么？玲斗开始回忆自己的发言。

然后他想到，自己的态度可能有些傲慢了。早知道就不该提什么预防认知功能损害。毕竟千舟对于自己的病情，考虑得肯定比任何人都多。玲斗请千舟去朗读，主要也不是因为她的病。

他拍了拍头，站起身来。谈判失败了，他得重新尝试。

回到房间，他拎起纸袋走向千舟的卧房。纸袋里装的是他复印的绘本文稿和插画。

站在房间门前，他喊了一声："千舟姨妈，我是玲斗。您开开门好吗？"

隔了一会儿，他听见里面传出声音。"不行，我已经休息了。"

"那我把绘本的复印件放在这儿了，您有时间就看看，好吗？我不求您朗读了。刚才是我态度过于强硬，对不起。不过，绘本的故事真的很棒，我希望您能看看。就这样，拜托您了。"

玲斗放下纸袋，却听见里面又传出了声音："等等。你放在门口会挡着我进出，万一上厕所的时候绊倒了怎么办？我不想看，你拿走吧。"

"可是——"

"拿走。"

"好吧……"

所谓走投无路，就是这种感觉吧。无奈之下，玲斗只能拿起纸袋离开了。

左思右想之下，玲斗又有了主意。他转身走向客厅旁边的佛堂，拉开门进去了。

刚才的对话提醒了玲斗，千舟几乎每天早上都会进佛堂上香。他把纸袋放在了佛龛前面，希望千舟能顺手拿起来看看。

打开佛龛门，里面摆着一张照片。是美千惠的照片。玲斗把他唯一的一张照片送给了千舟。

"帮帮我吧。"玲斗喃喃着，对着照片里的母亲拜了拜。

翌日早晨，不等手机闹铃响起，他就醒来了。现在离设定的闹铃时间还有将近一个小时。他有点想躺下继续睡，无奈尿意催促，只能爬出了被窝。

他上了厕所，正要走回房间，却听见了微弱的说话声。于是他放轻脚步，顺着走廊慢慢往前走。声音来自佛堂。

"少年说：'我有个请求，想请你让我看看自己的未来。我想知道自己将来会变成什么样子。'于是女神说：'未来有很多种，你想看什么时候的未来？一年后？十年后？还是更久以后，百年后的未来？'"

玲斗意识到：是绘本。千舟在读绘本。

"少年想了想，自己该看多少年后的未来呢？一年后不能算是未来。百年后他可能已经不在人世了。那么就看十年后？好，就这么办。于是他对女神说：'请让我看看十年后的未来吧。'"

玲斗不禁感叹：读得很好啊。千舟略显沙哑的声音与带有神秘性质的故事十分相配。虽然她说自己不擅长，但应该是骗人的。

"女神答应了他，点点头说：'那么，我就让你看看你十年后的样子吧。你……你务必认真……'"

声音突然消失了。

是不是在休息啊？但听着不太像。

千舟轻咳了几声。

"好，就这么办。于是他对女神说：'请让我看看……请……让我看看十年后的未来吧。'女……女神答应了他，点点头说：'那么，我……我就让你看看十年后的样子吧。你务必认真……认真看……认真看清楚了……'"

里面的情况有点奇怪。玲斗用指尖扶着拉门边缘，想拉开一条缝看看。但是拉门不够光滑，发出了沉闷的咔嗒声。

他听见走在榻榻米上的脚步声，紧接着，拉门猛地打开了。玲斗缩着脖子，抬头看着叉腰而立的千舟。

"偷听可不是什么好习惯。"

"对不起。我是怕插嘴会打扰您……"

"你听多久了？"

"就听了一会儿。千舟姨妈，您读得很好啊，什么问题都没有。"

千舟撇撇嘴，叹了口气。

"好？你到底是怎么听的？这么简单的文章，我都磕磕巴巴了不止一次。"

"但是您前面那段特别流畅啊。"

"只有前面那段啊……"千舟缓缓坐下来，并拢双腿。她的手上还捧着绘本的稿子，"只要一磕巴，就不行了。怎么说都说不出来，而且越急越糟糕。我这样已经有一段时间了，就算是更简单的文章也一样……"

"所以您才不想出席朗读会吗？"

"我不想给人添麻烦。那可是年轻人费尽心力制作的绘本的朗读会啊，要是读不好，那多对不起他们。"

"但您还是愿意练习看看吗？"

千舟垂眼看向手中的稿子。

"虽然中了你把东西放在佛龛前面的奸诈计谋，但我还是对绘本内容有些好奇，就拿起来读了一下。"

"您觉得怎么样？"

千舟看向玲斗，眯起眼睛，勾起一抹微笑。

"这个故事很不错。与其说是感动，不如说，它让我很意外。我明白你为什么希望我读读看了。真没想到结局竟然是这样的。"

"我觉得这个结局只有那两个孩子才能想到。"

"是啊。可以想象，他们都经历了与年龄不相符的苦难，才能有这样的境界。两个孩子都很了不起。"

"既然如此，能请您帮帮他们，当作祝福吗？我觉得只要好好练习就不会有问题，而且读错了一点，磕巴一点也不打紧的。"

千舟歪着头说："我真的有这个资格吗？"

"如果千舟姨妈都没有资格，谁有资格呢？"

玲斗端正地坐着，然后深深鞠躬。"拜托您了。"

· 30

公民馆入口的招牌很是气派，用硕大的毛笔字写着"绘本《少年与楠树》完本朗读发表会"。写字的人是拥有大师资格的千舟。

佑纪奈和元哉先在招牌前合影留念。帮他们拍照的人是玲斗。元哉的表情很僵硬，没什么笑容。

佑纪奈的母亲和弟弟妹妹都来了。她母亲气色挺好，看着不像病人。一家人也拍了纪念照片。

元哉的父母针生冴子和藤冈也都出现了。藤冈穿着西装，系着领带。二人都向玲斗郑重地表示了感谢。

"我猜，这是元哉有生以来最开心的几个月。"冴子眼中泛着泪光，"真没想到能有这么一天。"

"我也觉得这样很好。不过，这一切也有二位的功劳。"

冴子和藤冈面面相觑，似乎不明白玲斗的话。

"梅子大福啊。"玲斗说，"听说元哉君和佑纪奈同学都因为梅子大福得到了灵感。"

"你说那个？"冴子惊讶地瞪大了眼睛，"怎么会这样？"

"这件事等朗读会结束再说吧。"

冴子听了认同地点点头，然后转向藤冈。"好期待啊。"

"嗯。"藤冈点点头。

大场壮贵也来了，身边还跟着一位三十多岁的女性。壮贵说，她是出版社的童书编辑。

"我以前配合过他们的采访，后来说起这件事，她就说想过来看看。要是绘本不错，可以考虑出版，就算不行也能帮忙走自费出版的路子。"

"那太好了。"

壮贵又把佑纪奈和元哉介绍给了那位女士。听闻是出版社的人，两个孩子一下就紧张了。也许是因为纯粹的梦想突然有了实现的迹象。

接着，一些看着面熟的老人也三三两两地走了过来。那些都是在认知障碍咖啡馆跟千舟交了朋友的人。其中也有米村婆婆。

还有一个让人意外的人物。是中里。他也是一副西装革履的打扮。看见玲斗时，他打了声招呼。

"你听谁说今天有朗读会的？"玲斗问。

中里揉了揉脖子，苦笑道："那什么，听下属说的。"

"下属？"

"就是下属，警署的。"

"哦。"玲斗恍然大悟。他们不可能不监控佑纪奈的行动。

"所以，参加朗读会也是你们工作的一环吗？"

"那倒不是。我是自己想来的。要是你不欢迎，那我走？"

"哪里哪里，快请进吧。"

中里浅笑一下，转身走进会场。

距离朗读会开始还有十分钟。玲斗走进休息室，看见千舟正拿着稿子做最后的练习。

"准备得怎么样？"

千舟阴沉着脸摇摇头。

"完全不行，还没能完整通读一次呢。我现在特别绝望，这个样子怎么能上场朗读呢。"

玲斗笑着合起了双手。

"千舟姨妈，您不用担心。您只是太过追求完美了。其实没有人要求您尽善尽美，重要的是千舟姨妈自己开心啊。您收收表情，别那么吓人嘛。"

千舟摸了摸自己的脸。"我的表情很可怕吗？"

"很可怕，像梅尔菲森特似的。"

"梅……什么？"

"迪士尼电影里的女巫。特别强大，特别吓人。大楠树可不是女巫，而是女神啊，请您别忘了这个设定。"

"女神……知道了，我会注意的。"

"拜托啦。"玲斗话音未落，休息室的门就开了。

"差不多该上场了。"佑纪奈探头进来说。

佑纪奈和元哉首先走到了万众瞩目的台上。佑纪奈拿起麦克风问候了观众，然后开始讲述制作绘本的过程，中间穿插着对元哉病情的说明。她的语气很平淡，丝毫没有卖弄感动的痕迹。

"各位久等了，接下来请欣赏我们创作的《少年与楠树》。今天的朗读者是柳泽千舟女士。柳泽女士，麻烦您了。"

听到佑纪奈的介绍，等候在旁边的千舟站了起来。她走到舞台中央行礼，翻开了笔记本。

旁边的屏幕上映出了插画。一棵大楠树下方重叠着《少年与楠树》的标题。

千舟翻开笔记本，表情十分平静，看不出任何心虚。玲斗觉得这样应该没问题了。

"阳光毒辣，一名少年行走在沙漠上。"寂静的会场中响起了千舟略微沙哑的声音，"少年正在寻找拥有神奇力量的女神。女神的力量，是让人看见自己的未来。不过，少年为什么想看到自己的未来呢？那是因为他此前的每一天都太痛苦了。他经历了战争，承受过病痛，还不得不与深爱的人天人永别。他还经历过天灾，丧失了所有自己珍视的东西。他的生活充满了痛苦，每天都深陷在不安的情绪中，不知道自己的人生会变成什么样子。就在这时，他听人说起了能让人看见未来的女神。于是，少年踏上了寻找女神的旅程。"

千舟的朗读很流畅，听不出一丝不安。听众们早已沉浸在故事情节中了。当然，这不仅仅是千舟的功劳，还因为佑纪奈写的故事和元哉画的画充满了吸引力。酷热的沙漠、险峻的高山、危险的丛林，少年在旅途中将会遭遇什么？甚至知道结局的玲斗，都忍不住沉浸其中。

终于，少年在广袤的森林中找到了大楠树。那棵树就是展示未来的女神的化身。

"少年说：'我有个请求，想请你让我看看自己的未来。我想知道自己将来会变成什么样子。'于是女神说：'未来有很多种，你想看什么时候的未来？一年后？十年后？还是更久以后，百年后的未来？'少年想了想，自己该看多少年后的未来呢？一年后不能算是未来。百年后他可能已经不在人世了。那么就看十年后？好，就这么办。于是他对女神说：'请让我看看十年后的未来吧。'女神答应了他，点点头说：'那么，我就让你看看你十年后的样子吧。你务必认真看清楚了。'"

千舟流畅地读完了前些天磕巴过很多次的部分。接下来就是故事的高潮了。

女神吟唱着神奇的咒语，少年前方出现了一条道路。那就像是他曾经走过的漫长的道路。一个男人走在路上。仔细一看，那正是长大后的少年。是十年后的他。

"少年问十年后的自己：'你在做什么？'对方回答：'没做什么，我在寻找能让人看见未来的女神。我活了这么久，从来没有遇到过好事。我真的不知道该怎么活下去了。所以，我想求女神让我看看自己的未来。'少年听了十分震惊。怎么会这样？这不就跟现在的自己一样吗？没有任何变化啊。'女神，请让我看看更远的未来吧。让我看看二十年后的自己。'少年眼前的景色一变，只见一个男人正在攀登陡峭的岩壁。那就是二十年后的少年。少年再次询问：'你在做什么？'对方回答：'我努力活到了现在，日子无比艰苦，真的不知道该怎么做才能获得幸福了。所以我在寻找女神，想看看未来的自己。'少年再度震惊。原来自己在二十年后仍未寻找到正确的道路吗？少年又向女神祷告：'求求你，让我看看更远的未来吧。我真的很想知道答案。'

"少年的祈祷结束后，眼前又出现了新的光景。那是三十年后、四十年后、五十年后的自己。可是每次都一样，他迷茫于自己的道路，寻求着女神的救赎。少年长叹一声，询问女神这是怎么回事。

"'这下你明白了吧。'女神说，'不管过去多少年，不管选择什么样的未来，人始终会深陷在迷茫中，始终寻找前路。对未来的担忧永远不会消失。不只是你，每个人都一样。不过，这样就很好。因为比起知晓未来，人还有更重要的事情要做。'少年问：'什么更重要的事情？'女神告诉他——"

念到这里，千舟的声音骤然停了下来。玲斗心里一惊，注视着她的脸。这是卡住了吗？前面还很流畅啊——

下一刻，玲斗又是一惊。因为他看见千舟的双眼通红，像是要哭出来了。原来她不是卡住了，而是心中思绪万千，一时间发不出声音了。

"加油啊！"台下有人喊道。

千舟做了个深呼吸，重新拿好笔记本。

"女神……女神告诉他：'比知晓未来更重要的，就是着眼现在。此时此刻，你活在世上。你的生活也许不富裕，但是至少，你还活着。你也许正在承受着病痛之苦，但是至少，你还活着。你有食物可吃，有地方可睡，还能拥有梦想。这是因谁而得？是凭你一个人的力量得到的吗？肯定不是的。请你想象，究竟是什么支持着你此时此刻的生命。如果没有种植谷物的农民和外出打猎的猎人，你的餐桌上就不会有饭菜。如果没有织羊毛塞棉花的人，你的床铺就会无比冰冷。人只要活着，就该感谢这一切。你无须回首过去，不必后悔当时应该那样做、当时不该那样做。因为那一切都已经过去了。同样，你也无须忧心明天。今后会变成什么样，应该如何做，想那些都是没有意义的。因为那些事尚未发生。最重要的是现在。只要现在拥有一颗健全的心，人就是幸福的。你要感恩此刻的生命，并且珍视它。如此一来，你就不会拘泥于昨日，也不再忧心明日。'"

念到这里，千舟抬起头来，目光投向玲斗，开始背诵结局。泪水顺着她的脸颊滑落下来。

"听了女神的话，少年醒悟了。以前他脑中的想法是何等愚蠢啊。他从未感恩过此刻的生命。今后，他一定不能忘记这种心情。如此下定决心后，他转向女神，想要感谢她教会了自己这么重要的道理。然而女神已经悄无声息地消失了，眼前只剩下一棵高大的楠树。"

朗读结束后，千舟抬手擦了一把眼泪，向观众弯腰行礼，感谢他们的聆听。

瞬间的静寂过后，场上爆发出热烈的掌声。

· 31

致明日的我：

今天是个特别棒的日子，所以我有好多想写的内容。不对，正确来说已经不是今天了。现在已经过了午夜零点，应该算昨天才对。昨天傍晚，《少年与楠树》的朗读会终于开办了。

好多人都闻讯而来。当然包括妈妈，连爸爸也来了。然后是佑纪奈姐姐的妈妈和弟弟妹妹。虽然是头一次见面，不过弟弟妹妹真可爱。

也有不认识的人，但是想到有那么多人在期待我们的绘本，我就特别高兴。

柳泽千舟女士为我们朗读了绘本。她是直井玲斗先生的姨妈。直井先生说，之前我跟她在医院有过一面之缘。

柳泽女士患有轻度的认知功能损害，听说一开始并不同意当朗读者。后来她看了《少年与楠树》，才终于改变主意。

我想，她一定是感受到了我们在绘本里融入的心意。

爸爸妈妈带大福来的那天，我在日记里写到，自己有一个宝贵的发现。

那就是——整日惶惶不安地担忧未来，真是太愚蠢了。

未来是什么样根本不重要。真正重要的是，此时此刻跟喜欢的人在一起，体会着生命的真实感，这样就足够幸福了。

我对佑纪奈说了自己的想法，对方竟也理解了我的感觉，所以，绘本的结局就变成了现在这个样子。

也许，负责朗读的柳泽女士也能理解。所以她才会在最后流泪。

其实我也哭了。当然是高兴哭的。那是感谢与感动的眼泪。

朗读会结束后，有好多人走过来跟我说话。他们都说绘本特别好，插画也漂亮，特别感人。

妈妈的手帕都哭湿了。爸爸的眼睛也泛着红。

我觉得真是太好了。吃大福那天已经很幸福了，但是今天，可能比那天还要幸福。

今天（准确地说是昨天）的事情等到明天（准确地说是今天）的我醒来后就会忘记了，但是我觉得，这种幸福感还是会留下。明天的我醒来后若是奇怪为什么心情这么好，那么只要翻开今天的日记，他就会明白了。

另外，我还有句话要说给明天（未来）的我听。

我有办法可以取回今天的我的记忆。

朗读会结束后，直井先生走过来说："今晚准备怎么办？"见我面露不解，他就解释了一遍。

原来，决定要办朗读会后，我主动找到了直井先生。我觉得那天一定是个很棒的日子，就想把那天的记忆存在大楠树中。直井先生听了就说，不如把朗读会定在下次新月那天吧。这件事我写在了以前的日记里，不过今天很忙，我就没看到。

　　"怎么样？"直井先生又问了一遍。

　　"当然要拜托您了。"我回答。

　　晚上十一点，我得到妈妈的同意后，出发去了月乡神社。来到值班室前，直井先生已经做好了祈念的准备。

　　直井先生把祈念的顺序跟我说了一遍。只要走进大楠树里面，回忆今天的事情就可以了。上回我成功把大福的味道传达给了妈妈，这次一定能成功。

　　更重要的是，今晚我存放在大楠树里的念，将来会由我自己接收。怎么会不顺利呢。

　　不过，直井先生还是提醒了我。受念只能做一次。那次之后，无论是我还是别人都无法再次受念了。

　　尽管如此，我还是决定要寄念。因为我觉得，今后恐怕再也不会有今天这样充满了幸福光辉的日子。

　　我不知道自己会在什么时候接收今晚存放在大楠树里的念。也许是一年后，也许在下一个满月的夜晚，我就会迫不及待地受念。

　　不管怎么说，那时的我可能已经没有别的遗憾了。不过，我会尽量不去想这件事。因为未来的事情只能交给未来的我。

· 32

朗读会的翌日，玲斗正在打扫大楠树周边，突然听见一个声音："你在这儿啊，害我好找。"他抬起头，看见是中里。

"你找我有急事？"

"也不算急事，不过越快越好。"中里打量了一会儿大楠树，"如今再看一遍，这棵树还真够大的啊。女神的化身这个创意也很有意思。"

"如果你想发表朗读会的感想，不如去值班室坐坐吧。我请你喝乌龙茶。"

"先不说那个了，我有个重要的消息要告诉你。"

"什么消息？"

"今天早上，早川佑纪奈在母亲的陪同下去自首了。"

玲斗心中一惊。"佑纪奈同学她……"

"她说自己就是春川町事件的真凶。她用烟灰缸打了森部俊彦的头部，然后拿走抽屉里的一百万日元，逃离了现场。"

原来是这样啊。玲斗了然。故事完成那天，佑纪奈曾说："这下，我就再也没有遗憾了。"也许在那一刻，她已经决定朗读会结束后去自首了。

"她的供述内容跟千舟姨妈说的一样吗？"

"嗯……"中里沉吟了片刻，"其实现在还不能透露调查内容，不过跟你说应该没问题。只是，你绝对不能告诉任何人。你答应吗？"

"当然。"

"先从结论说吧。早川佑纪奈的供述跟柳泽千舟女士所说的内容基本相同。她与森部本来维持着有偿约会关系，案发当天被森部强迫发生肉体关系，在反抗的过程中将其打伤。但是接下来的部分不太一样。"

"怎么不一样？"

"她看见森部倒在地上，并不认为他已经死了。因为她察觉到森部有呼吸，便知道他只是晕倒了。至于拿走一百万日元，她表示只是想要钱。当时她猜测，因为怕丢人，森部应该不会报警。她说自己跟森部是在约会网站上联系的，对方并不知道她的住址，只要下次不再见面，就不会惹来麻烦。她的供述跟柳泽女士的话有些微妙的不同，但我们认为，应该相信凶手本人。当然，我们也可以理解柳泽女士出于善意的粉饰。"

听了中里的话，玲斗很是惊讶。佑纪奈偷走那一百万日元真的是因为贪财吗？不过，她能做那种有偿约会的兼职，想必当时很缺钱吧。作为情急之下的行动，倒也不是不能理解。

"佑纪奈同学被捕了吗？"

"没有，我们暂时把她放回去了。因为不必担心她会逃走。从明天开始，警方会上门调查几次，但不会添很多麻烦。话虽如此，却也不能直接无罪释放，所以总归要逮捕归案并送检的。问题在于罪名。"

"抢劫致伤吗？"

"你也很清楚，不可能是那个。总之现在各个部门正在协调呢。署长也头痛得紧。"中里看了一眼手表，"都这么晚了，我得回去了。刚才说过，这个案子还有很多细节需要斟酌。哦，对了，还有一件重要的事情。"他将手伸进上衣内袋，拿出一个白色信封。"这是早川佑纪奈要我转交给你的。不好意思，内容我们已经检查过了。虽然文字很奇怪，但应该没问题。"

玲斗接过了信封。这信封很可爱，印着小兔子的图案。上面还有仔细开封过的痕迹。

"不用担心，她应该不会被起诉。"中里说，"这么好的才能，不能浪费了。我们这些大人得护着她一点。"

"你觉得昨天的朗读会怎么样？"

"你问这个可就不地道了啊。我妈从小就教育我，男人不能在别人面前流泪。要不是这样，我早就号啕大哭了。"中里的目光渐渐飘远，也许在回忆朗读会的场景，"好久没去看我妈了，下次休息去看看她吧。"接着，他重新看向玲斗。"我想告诉她，老妈，今天能够活着，就已经很幸福了。虽然我也不知道她能不能听懂。"

"我觉得很好。"

中里吸了吸鼻子掩饰害羞，匆匆留下一句"再会"，就快步离开了。等到看不见他的背影了，玲斗才从信封里抽出信纸。

纸上写着圆溜溜的文字。

致直井玲斗先生：

事情突然变成这样，你应该会很惊讶。

久米田先生的读后感，应该是直井先生写的吧。我多少能够看出来。

看了那篇读后感后，我意识到直井先生已经什么都知道了，也包括我做的事情。所以你才会买走全部诗集，对吗？

我不明白你是怎么知道的。不过我听元哉君说，大楠树有着神奇的力量，于是我就想，大楠树的守护人会看透人心，或许也不算奇怪。

所以，一直瞒着自己做过的事情对我来说真的很痛苦。而且，这对直井先生也是一种不尊重。所以我决定了，等绘本制作完毕后，就把自己做过的事情全都告诉警察。

制作绘本的那些日子很开心，就像做梦一样。如果不是直井先生让我结识了元哉君，我肯定不会有这么开心的日子。一想到这里，我就觉得很害怕。虽然不知道将来会不会再有这样的经历，但是我相信，一定会有的。

直井先生，真的很感谢你。

请你一定要好好的。

早川佑纪奈

· 33

　　朗读会过了大约两个月，玲斗听说元哉住院了。自从那精彩的一天结束后，他就没见过元哉。他正好奇那孩子最近怎么样了，就接到了针生冴子的电话。原来在几个星期前，元哉突然出现了行动障碍，然后连视觉和听觉都受到了影响。医生对此束手无策，告诉他们只能静观其变。

　　"不过他本人的精神还不错。"冴子在电话中说，"他每天都看日记和绘本，还说这样就很幸福。"

　　听了这些话，玲斗感觉胸口一阵发闷，不知如何回答。对于每天早晨记忆都会归零的元哉来说，昨天及以前的日记就是他人生的全部，而绘本则是他活下去的动力。

　　冴子又说："元哉他想见见直井先生，您能来看看他吗？"

　　"当然可以，我这就过去。"玲斗回答。

　　走进病房时，他吓了一跳。因为躺在病床上的元哉已经瘦得脱了相。尽管如此，他还是没有表现出惊讶的神情，只是平淡地说："你好啊，看起来挺不错啊。"

"您果然跟日记上写的一样。"元哉抬起瘦弱憔悴的脸笑了，"很会哄人，又很亲切，不喜欢第七部以后的《星球大战》，喜欢的角色是汉·索罗。"

"你喜欢阿索卡·塔诺，对吧。"说着，玲斗稍微打量了一下病房内部，目光停留在小边桌上。盘子上摆着眼熟的和果子。是梅子大福。

"这是藤冈上午带过来的。"注意到玲斗的视线，冴子说道，"要试一下吗？"

"可以吗？"

"嗯，还有呢。"

听冴子说，藤冈在法国餐厅的厨房里添置了专门的工具和材料，经常制作梅子大福。

"听说还会给一些熟客品尝，获得了不少好评。"

"在法国餐厅吃大福？挺有意思的。"

"那我不客气了。"说完，玲斗拿起了一个梅子大福。

一口咬下去，馅料的清甜和梅子的香气充满了口腔。大福的质地很柔软，但也有一定的弹性。原来这就是元哉记忆中的大福啊。想到这里，他不禁有些感慨。

"怎么样？"冴子问。

"很好吃。味道清爽，满口留香，让人怎么吃都吃不腻。"

"太好了。"冴子眯起眼，高兴地说。

"那个大福能做出来，也是多亏了直井先生，对吧？"元哉说。

"我什么都没做，是你爸爸和妈妈齐心协力复原出来的。"

"但是，如果我没把记忆中的味道传达给他们，这一切就不会成功。所以，这还是多亏了直井先生。"元哉拿起了手边的笔记本，"我在日记上看到了大楠树的事情，觉得很神奇，也很厉害。这是我自己写的，所以肯定是真的，但我还是半信半疑。"

"这也难怪。不过，全都是真的。"

元哉点点头，垂眼看着笔记本。

"大楠树里还寄存了我的宝贝，对不对？那是我人生中最幸福的记忆。"

"嗯。"玲斗短促地回答。

元哉抬起头说："直井先生，我有个请求。"

"你说。"

"大楠树的受念只能在满月之夜进行，对吧？下次满月是什么时候？"

"是下个星期二……"

元哉点点头。

"果然如此。那我当天能去受念吗？"

玲斗的呼吸停滞了一瞬。他先瞥了一眼冴子，然后看向元哉。

"可以是可以。不过为什么要选那一天？"

"因为……"元哉笑了笑，"因为我的时间应该不多了。"

"时间……"

"要是错过那天，下一次满月要等到四个星期后，不是吗？

我觉得，自己可能赶不上那个日子了。"

怎么会呢——玲斗想要开口，但还是把话咽了回去。他知道，随口说出的庸俗安慰只会伤害少年的心。

"不过，那是今天的你的想法吧。"玲斗谨慎地选择着措辞，"到了明天，你的想法说不定会改变呢。"

"嗯，是有可能。不过，应该不会改变了。"元哉拍了拍笔记本，"最近我每天都在日记里写，下一次满月之夜一定要去受念。昨天也写了。然后，我今晚也会再写一遍。还要加上已经跟直井先生说好了。这样可以吗？"

"可以。"玲斗勉强挤出一个笑容，只觉得脸颊僵硬。

"只可惜，"元哉皱了皱眉，"受念的不是今天的我，而是那天的我。我真的好羡慕他啊。"

"那有什么的。今天的你有今天的幸福。你不觉得这样就足够了吗？"

"也对。"元哉放下笔记本，注视着玲斗，"谢谢您给我勇气。对我来说，直井先生就像是雷克斯船长。"

"啊？"

"哦，对不起，雷克斯船长是——"

"我知道，他是阿索卡·塔诺的好搭档，对不对？"

元哉瞪大了眼睛。"您知道？"

"之前我熬夜看完了动画系列。"

"那太棒了。看来今天有好多话题可以聊了。我们来个星战专题吧！"元哉的表情一下就亮了起来。

探望过元哉，很快就到了下个星期二，满月之夜——

晚上十一点刚过，玲斗就站在石阶底下等待了。一般他只在值班室门前等待祈念者，但是今晚的情况比较特殊。

外面没有路灯，周围一片黑暗。所以玲斗手上还拎着一个LED 提灯。

不多时，一辆小货车驶出车道，进入了空地。玲斗见状，举起了提灯。

货车停稳后，驾驶席的门开了。身穿羽绒服的藤冈走了下来。

后车厢的滑动门接着打开，针生冴子也走了下来。另一头还有个人影，应该是元哉。他坐在座位上，看着没什么动静。

玲斗走向货车，开口道："晚上好。"

冴子看向玲斗，鞠了一躬。"晚上好。今晚要麻烦你了。"她的脸被月光照亮，果然有几分紧张的神色。

这时，藤冈也走了过来。"还好天气不错。"

"是啊。"玲斗点点头，"没下雨是最好的。"

"那我们快行动吧。"藤冈看向车厢里。

"元哉君的意识……"玲斗委婉地问道。如果人已经晕过去了，他真的不知道接下来要尝试的事情还有没有意义。

"应该是清醒的。刚才还说了几句话呢。"冴子探身进车厢，晃了晃坐在里面的元哉的肩膀。"元哉，你醒着吧。咱们到月乡神社了。直井先生也在呢。"

瘦削的脸缓缓转了过来。跟上次见面相比，他又憔悴了许多。不过他的目光很平和，没什么悲壮感。

"是直井先生吧？"元哉呢喃道。

"晚上好。你还记得我的脸吧？"

"是直井先生。"元哉用微弱的声音重复道。

"他能动吗？"藤冈问冴子。

"元哉，你有力气动吗？不要勉强自己啊。"

冴子伸出双臂，抱起了元哉。元哉自己也在努力移动。藤冈背对二人，蹲了下来。他显然是打算背儿子上去。

玲斗走了上去，帮着冴子把元哉送到了藤冈的背上。少年的身体瘦小得令人惊讶，身上那件抓毛绒风衣让人联想到他喜欢的《星球大战》里的角色尤达大师。

冴子又从货车的后方搬出了折叠起来的轮椅。

"我来搬吧。针生女士，请您提着灯在前面带路。"玲斗把提灯递给了冴子。

"不好意思，谢谢了。"冴子接过提灯说。

"我们走吧。"玲斗对藤冈打了声招呼，他背上的元哉也抬起了头。少年的眼眯成一条缝，但是并没有昏睡过去。

冴子率先迈开步子，藤冈背着元哉跟上，玲斗则抱着轮椅走在最后。即使走在石阶上，藤冈的脚步依旧沉稳而有力。一行人的影子在提灯的映照下有节奏地晃动着。今晚没有风，听不见树叶摇动的声音，唯有几个人的呼吸声。

走完石阶前，没有人开口说话。连玲斗也始终保持着沉默。因为他不知道该说什么。也许冴子和藤冈也一样。

到达神社院子后，玲斗撑开轮椅，让元哉坐了上去。然后，他拿起放在鸟居旁的纸袋。里面装着蜡烛和火柴。

玲斗接过冴子手上的提灯，说了声"走吧"，然后迈开步子。冴子和藤冈推着轮椅跟了上去。

一行人都走进了楠树祈念口。今天白天，玲斗已经尽量清理了路上的杂草，好让轮椅更方便通过。在有落差的地方，他们就合力抬着轮椅通过。

不一会儿，一行人就来到了大楠树前方。藤冈抱起元哉，玲斗则把轮椅搬进了楠树中。然后，藤冈才重新放下元哉。

烛台已经准备好了，接下来只需按步骤完成仪式。

"请两位先去值班室稍做等候。我给蜡烛点上火就出来。"玲斗对冴子二人说。

"我们不能在这里看着吗？"藤冈问。

"不行。"玲斗摇摇头，"祈念过程中不能让有血缘关系的人进入或靠近大楠树，会扰乱楠树中的念，请两位理解。"

"我们走吧。"冴子拽了拽藤冈的袖子。藤冈有些不情愿，但还是点点头，对玲斗行了一礼，然后跟着冴子离开了。

玲斗拿出纸袋里的蜡烛，插在烛台上，用火柴点燃。接着，他又走到轮椅前蹲下，喊了一声："元哉君。"

少年的目光锁定了玲斗的脸，眼神坚定。

"你知道接下来要做什么吗？"

元哉的睫毛颤了颤，嘴唇微微开启。

"直井先生……"他用微弱的声音说，"要让我……做一个……很美的梦，对吗？"

"不是梦，是真的。一切都是你实际经历过的事情。而且不是我让你看，是你自己提出要看的。那些都是你的回忆。"

"我的回忆……"

"没错。你可以尽情地沉浸在自己的回忆中。"

玲斗拍拍元哉的肩膀，然后离开了。走出大楠树后，他回过头，口中默念："衷心祝福你的祈念可以打动楠树——"

回到值班室，他看见冴子和藤冈都没有进去，而是站在门口。

"外面不冷吗？快进去等吧。"

玲斗把他们请进屋里，用电热水壶烧了热水，泡上日本茶。冴子双手捧着茶杯，低声道："真暖和。"

"我点的蜡烛可以燃烧一个小时，还请两位再等等。"玲斗对他们说。

藤冈饮了一口茶，看向他。

"直井先生每次都会在这里等到祈念结束吗？"

"是的，因为我还要收拾东西。另外，也要确保没有烛火残留。"

"那真是辛苦你了。"

"不算什么的。"

"对了，直井先生。"藤冈正色道，"今晚真的很感谢你。我猜，这应该是元哉人生中最美好的夜晚了。谢谢你。"

"哪里……不用跟我道谢。能帮到元哉君，我也很开心。"

"你真的帮了我们很多。所以，接下来能把收尾的事情交给我们吗？"

"啊？"玲斗惊讶地看向他，"交给你们？什么意思？"

"等时间到了，我们自己去接元哉，然后直接回去。所以，直井先生可以先走了。请你放心，我们会把东西都收拾好，也会关好门窗。"

玲斗听了，连忙摆手。

"那怎么行。祈念结束后要检查的东西很多，更何况那本来就是我的工作。"

"那是当然，只是，能请你今晚让我们一家人单独待一段时间吗？不必担心，我会注意不给你添麻烦的。我保证。"

玲斗愈发觉得藤冈的态度有些奇怪。他为什么会提出这种要求？想到这里，他转头看向冴子，不由得心中一惊。只见她面色苍白，眼眶都泛红了。

"看来还有隐情啊。"玲斗沉声道，"能说给我听听吗？"

"不，哪儿来的什么隐情。我们只是想一家人单独待上一段时间。毕竟这是个很特殊的夜晚。所以……请你答应吧。"藤冈的语气越听越像狡辩，明显隐瞒了什么。

"针生女士。"玲斗看向冴子,"你们到底想干什么?"

冴子对上他的目光,脸上闪过瞬间的踌躇,最后还是开口了。"其实……"

"住口!"藤冈说,"别乱说话。这不是我们一起决定的吗?"

"可是,我还没有下定决心啊。"

"都这种时候了,你还在说什么呢。"藤冈烦躁地说,"我们不是要为那孩子做最好的选择吗?而且你也同意了。"

"可是……"冴子咬紧嘴唇,低下了头。

玲斗眉心微蹙。为那孩子做最好的选择?那孩子当然是元哉吧。最好的选择是什么?

"快说吧,你们到底想干什么?"玲斗问,"要对元哉君做什么?"

"不做什么,你不用担心。"藤冈不耐烦地说着,语气跟刚才截然不同。

"那你们刚才说的是什么意思?为什么要把我支开?请你解释清楚。"

藤冈转开头不去看他,闷声说道:"我不能告诉你,你最好也别问。"

"最好别问?那是什么意思?"

藤冈并不回答,只是目光阴沉地盯着墙壁。

玲斗走向冴子,低头看着她。

"请告诉我,究竟是什么事情我不能问?"

冴子的表情中掺杂着苦恼与迷茫。她的脸颊抽动了几下，微微张开唇。"因为……你会变成共犯。"

"冴子！"藤冈大叫一声。

"可是……"

"共犯？这到底是怎么回事？听了你们的话就要变成共犯……"说着说着，玲斗脑中灵光一闪，接着倒抽一口气，轮番看着眼前的二人，"你们难道要把元哉君……"

藤冈缓缓看向玲斗。

"如果楠树的力量是真的，那孩子此刻应该处在幸福的最高峰。因为他脑子里肯定装满了有生以来最棒的一天——也就是朗读会那天的美好记忆。但是等他下一次睡着，那些美好的回忆就会消失得无影无踪。我一想到那孩子到时候的反应，就心疼得不得了。之前元哉说过了，如果能再感受一遍朗读会的记忆，就算立刻死去，他也没有遗憾了。直井先生，请你理解。这就是真相。反正那孩子剩下的时间已经不多了。我想让那孩子在人世间的最后一夜成为他最美好的夜晚。这是我身为家长能尽到的最大努力。请你放我们一马吧，求求你了。"

藤冈双手合十，含泪恳求，脸上的表情夹杂着苦闷与癫狂。玲斗被他意想不到的坦白惊得说不出话来，同时暗自感叹，原来家长越是在乎自己的孩子，就越容易陷入疯狂。

"你要杀了你儿子吗……"

藤冈摇摇头。

"不是杀了他，而是让他安静地睡去。我不会让他感到痛苦，只是注射一些药剂而已。让他安然死去的药剂。"

"你从哪儿弄来的那种药剂？"

"网上买的……"

玲斗忍不住闭上了眼。他说的是贩卖安乐死药剂的暗网吗？看来，这世上果真有许多门路助力着人类的癫狂。

"我知道你想说什么。"藤冈说，"不管出于什么理由，害人性命都是不可饶恕的。更别说那还是自己孩子的性命。我知道这不可饶恕。也知道关于安乐死的论争。所以我已经做好了接受惩罚的准备。就算被关进监狱，我也不会后悔。我只想在那孩子最幸福的时刻，送他离开这个世界。"

"送他离开……"玲斗看向冴子，"可是孩子的母亲……针生女士，你还没下定决心，对吧？"

"如果冴子不愿意，我就一个人做，独自承担责任。"

"责任？我才不害怕那个！"冴子盯着藤冈，尖声说道，"我只是还没想好，到底怎么做才对那孩子更好。"

"你何不想想那孩子明天醒来后失去生存意义的心情。一想就有答案了。"

玲斗抚住了额头。他很理解藤冈的心情。虽说严重扭曲，但也许这就是为人父母心。

可是，这么做绝对是错的。他该怎么劝说这个人呢？

就在这时，他注意到桌子角落里的一张画。那是《少年与楠树》的插画草稿。寥寥几笔线条勾勒出了少年踏上全新旅途的结局场景。

看见画的瞬间，他心里有了答案。

"你们是不是忘记了一件很重要的事情？"玲斗说，"请想想绘本的主题吧。真正重要的难道不是当下的生命吗？你们参加完朗读会，应该很受触动。既然如此，那又何必为明天的元哉君担心呢？"

"明天的元哉将会一无所有啊！"藤冈摇着头说，"等到太阳升起，他这辈子最幸福的记忆就会消失。"

"既然如此，那就继续制造啊。你凭什么断言今晚就是元哉君最幸福的夜晚呢？那个日子可以是明天，也可以是后天。没有人能够做出判断。所以我请求你，丢掉那让人伤心的想法吧。我会帮你，我会陪着元哉君制造更多新的幸福回忆。所以，请你重新考虑考虑吧。"玲斗站直身体，然后深深鞠了一躬。

房间陷入沉默。玲斗始终保持着鞠躬的姿势。

"还有我。"冴子说，"我也赞成直井先生的话。"

玲斗抬起头，对上了冴子因充血涨红的双眼。

藤冈长叹一声，揉了揉脸。"我这么做都是为了元哉，并不是想当然地做决定。"

"我知道。"冴子说，"我知道你做出这样的决定也很痛苦。所以我才会这么迷茫。我觉得，你已经做出了如此艰难的决定，那我自己是不是也该狠下心来呢？但是听了直井先生的话，我又改变主意了。就算记忆会不断消失，我还是想让元哉一直快快乐乐地活到最后一刻。"

"你能给他的不一定是快乐。我们都得看着那孩子承受病痛的折磨啊！"

"那样也好。那才是我们身为父母的义务，绝对不能逃避。那孩子的前路只有他自己才能决定。这不是父母能够替他决定的事情。"

藤冈双手抱头，沉默了许久，才喃喃道："我并不认为这么做是对的。我知道这种事情不可饶恕。正因为这样，我才认为自己身为父亲应该替他去做。"

发自内心的话语在玲斗的心中震荡出悲伤的回响。他知道藤冈的决定是出于对元哉的爱，所以才没有一味地用大道理去批判他。

"我不是元哉君的父母，所以没有资格插嘴。但我还是要说，其实只有父母才能做到的事情，并不止这一件。我很理解你希望元哉君在最幸福的时刻结束生命的想法，但是，应该还有别的办法。"

不知藤冈是否赞同玲斗的话，总之，他并没有反驳。他只是抱着头，一动不动。

不知不觉，已经过了午夜零点。

"祈念该结束了，我们走吧。"

三个人一同离开值班室，走到大楠树前。树洞里一片漆黑。

藤冈正要走过去，却被玲斗拦住了。

"我先去看看烛火是不是完全熄灭了。在此之前，请在这里等待。"

说完，他便离开二人，拎着提灯走进了树洞。

树洞里还残留着蜡烛燃烧的气味，但是烛光已经熄灭了。确认完情况后，玲斗看向轮椅的方向，问道："元哉君，怎么样？接收到念了吗？"

没有回应。玲斗心生疑惑，举起提灯仔细看了看。

只见元哉闭着眼，一点动静都没有，嘴边还挂着幸福的微笑。

玲斗感到一阵寒意掠过脊背。

"元哉君？"他又叫了一声，还是没有回应。他伸手摸了摸，发现少年的身体已经变得冰凉。

他感到浑身发软，不由得跪倒在地，垂下了头。

"怎么能这样呢？"他喃喃道。

我还等着明天跟你一起制造更美好的回忆呢。还想跟你继续聊《星球大战》呢。我可是恶补了好多星战的片子啊，连动画系列都看完了。

而你却……而你却……怎么能这样呢……

· 34

走出电车站，玲斗又坐上了公交车。前面还有三站路。车上没什么人，玲斗在车厢中段选了个单人座位落座。

公交车穿过住宅区，驶上了一座小山丘。玲斗按了下车铃，在前方车站下了车。

他要找的地方就在车站旁边。玲斗做了个深呼吸，向大门走去。

门厅左侧是前台，里面坐着一名身穿制服的女性。玲斗走过去点头致意，然后说："我是柳泽千舟的亲属。"

女职员看向前方的电脑屏幕。

"柳泽女士此刻不在房间。"

"她外出了吗？"

"不，好像在散步。你去院子里应该能找到她。"

"散步……"

玲斗在来访名册上记录了姓名，继续往前走。雪白的走廊和墙壁看起来很新，给人干净整洁的印象。墙上装饰着照片和画作，都是居住者的作品。

八个月前，千舟住进了这座老人院。这是她从众多传单中自己挑选的地方。玲斗并没有干预。她入住后，他来这里探望过几次，观察到这里的看护体制比较完善，服务也不错。房间被打扫得很干净，还附带厕所和浴室。虽然他觉得房间有点小，但千舟本人并不介意，所以玲斗也没说什么。

走到院子里，他一眼就看见了千舟。老太太披着一件浅紫色的针织衫，独自坐在一张长椅上，像在眺望远方。

玲斗走过去打了声招呼："你好啊，最近身体怎么样？"

千舟缓缓转过来，应了一声："你好啊。"她的表情看起来很平静。

玲斗放下背包，坐在她身旁。

"今天我给你带了一份很棒的礼物。"他从背包里拿出一本书，"就是这个。终于印出来了。"

那是《少年与楠树》的绘本。大场壮贵带到朗读会上的女编辑后来说服了出版社，把绘本正式出版出来了。首印数不多，预计在下个星期上架。封面图是女神与少年相向而立的场面。当然，是由针生元哉亲笔描绘的。

千舟接过绘本，放在腿上爱惜地抚摸着。

"虽然没能让元哉君看一眼，但我觉得，他在另一个世界肯定也很高兴。而且，佑纪奈同学同样很高兴。她终于找到工作了，这真是个好消息。"

正如中里所言，佑纪奈后来没有被起诉。久米田也没有被问责。据说是森部那边主动接受了和解，但玲斗并不知晓这个消息的真伪。

千舟没有说话，而是一直盯着绘本。就在玲斗心生疑惑时，一个貌似职员的女性走了过来。

"柳泽女士，你怎么了？"她笑着问道，"什么事情这么高兴啊？哎，那是什么书？"

"你瞧。"千舟笑着捧起了绘本，"这个书店的人送给我的。"

玲斗心中一惊，怀疑自己听错了。书店的人？千舟刚才真的这么说了？

女职员好像也察觉到了异常。但她没有表现出来，而是保持着刚才的语气说："真的吗？那太好了。"说完，她对玲斗不着痕迹地点了点头。

"不知道这本书讲了什么故事呢，好期待啊。"千舟看着绘本说道。她的表情像小女孩一样纯真。

玲斗拼命忍住泪水，开口道："是个很棒的故事。"

"是吗？"千舟高兴地回答。

"以前……"玲斗说到这里，做了个深呼吸，"以前有一位女士在许多人面前朗读了这本书。她的朗读十分精彩，所有听众都特别感动。"

"哦？"千舟摇晃着身体点点头，"原来这是一本让人幸福的书啊。"

"是啊。"玲斗奋力挤出声音。

"这是一本让所有人都得到幸福的书。是全世界最棒的绘本。"

说完，玲斗又在心里继续道：

千舟姨妈，这是您的故事——

著作权合同登记号：字 18-2024-301

图书在版编目（CIP）数据

祈愿女神 /（日）东野圭吾著；吕灵芝译 . -- 长沙：
湖南文艺出版社，2025.1. --ISBN 978-7-5726-2206-9

Ⅰ. I313.45

中国国家版本馆 CIP 数据核字第 2024SH9560 号

上架建议：日本文学·推理小说

QIYUAN NÜSHEN
祈愿女神

著　　者：[日]东野圭吾
译　　者：吕灵芝
出 版 人：陈新文
责任编辑：夏必玄
出 品 方：番茄出版 🍅
出 品 人：李茜茹
监　　制：王邵美怡　毛闽峰
策划编辑：陈　鹏　黄　琰
特约编辑：赵志华
版权支持：番茄出版
营销编辑：杜　莎　刘　珣　大　焦
封面设计：梁秋晨
版式设计：黄敖丹
出　　版：湖南文艺出版社
　　　　　（长沙市雨花区东二环一段 508 号　邮编：410014）
发　　行：中南博集天卷文化传媒有限公司
网　　址：www.hnwy.net
印　　刷：北京中科印刷有限公司
经　　销：新华书店
开　　本：855 mm × 1180 mm　1/32
字　　数：175 千字
印　　张：8.5
版　　次：2025 年 1 月第 1 版
印　　次：2025 年 1 月第 1 次印刷
书　　号：ISBN 978-7-5726-2206-9
定　　价：59.00 元

若有质量问题，请致电质量监督电话：010-59096394
团购电话：010-59320018